谁的天真不无邪

解小邪 著

中国盲文出版社

图书在版编目（CIP）数据

谁的天真不无邪：大字版/解小邪著．—北京：中国盲文出版社，2020.11

ISBN 978-7-5002-9374-3

Ⅰ.①谁…　Ⅱ.①解…　Ⅲ.①短篇小说—作品集—中国—当代　Ⅳ.①I247.7

中国版本图书馆 CIP 数据核字（2019）第 257783 号

谁的天真不无邪

著　　者：解小邪
责任编辑：吴绍兵
出版发行：中国盲文出版社
社　　址：北京市西城区太平街甲 6 号
邮政编码：100050
印　　刷：东港股份有限公司
经　　销：新华书店
开　　本：710mm×1000mm　1/16
字　　数：95 千字
印　　张：13.5
版　　次：2020 年 11 月第 1 版　2020 年 11 月第 1 次印刷
书　　号：ISBN 978-7-5002-9374-3/I·1992
定　　价：39.00 元
销售热线：（010）83190520

序

《谁的天真不无邪》——我喜欢这本书的名字。因为嵌入我名字当中的“邪”字。

谁的天真不无邪？天真无邪是青春年少的本色，我喜欢天真无邪，但我笔名取“邪”，却还有另一层寓意，我是山东高密人，高密人若是没把一件事做到让自己满意往往会扔下一句话，“我就不信这个邪了”，这里的“不信邪”有不服输之意。

我希望自己天真无邪，也希望自己勇往直前。

天真无邪时我们对未来充满向往，憧憬着未来能春暖花开。

我山东亲戚家的小孩，虽说生活在小城市，但从一出生就衣食无忧，没体验过贫穷。十六七岁上了高中，觉得读书累，抱怨校园生活没意思，决定退学。

父母托了关系把她送到一家照相馆学摄影，老板看她蛮有灵性，也许能帮上公司的忙，想培养一段时间把她留在公司，于是从第三个月起每月给她发 1500 元的工资。

然而，她认为应该得到更多工资。三个月后决定辞职。家人以为她有更好的规划，她却只是每日窝在家心安理得地享受着父母辛苦上班赚钱买回来的吃的喝的，吃饱喝足两眼盯在手机上继续打游戏，困了就没白天没黑夜地睡。

你若问她对未来的想法，她能给你描述一个五颜六色的未来，但她只是那么说说，眼睛仍沉浸在手机里度过一日又一日。她的父母急得白了头，又怕说多了伤了她的自尊心；若问急了，她便关上门，任谁叫都不应声。

夏天我回山东高密，她的父母让我帮着做思想工作。她呛我说："你不也是 16 岁退学的吗？你现在不是过得很好吗？我将来也能过得很好。"我望着这个天真的孩子，实在无话可说。

我带她来到我高密的家，家里到处都是我成长的痕迹。她拉开陈旧的书柜的布帘，翻那一本本褪色的书，还找到了我第一部长篇小说的初稿、复稿、定稿三份手稿，她了解了更多关于我的故事：16 岁在饭店端盘子洗碗，边打工边写小说，20 岁到北京后住过五六平米的地下室，重新考大学读书……她沉默了……

这个女孩是当下一批青少年的缩影。我和他们聊天时经常问："你的理想是什么？"有的能一下子说出来，他们让我看到了希望。有的很茫然，没想过这个问题。这是因为他们物质生活优越，精神需求却很匮乏，有的还会发出生活不过如此的感叹，以为自己看透了人生，其实他们天真得很，苍白得很，肤浅得很。

天真无邪时我们向往的东西很多很多，我们向往怦然心动，向往潇洒人生，向往拥有别人的家庭背景……向往的那些大多是自己不曾拥有的，也正因为不曾拥有才会愈加向往。谁都想拥有美好的人生，但天真地以为不费吹灰之力就能得到只是梦而已，没有行动的梦想都是妄想，活在妄想里的人是不配拥有美好人生的。一个人只有做好充足准备，拥有驾驭人生的能力，才有可能得到曾经向往的那些美好。

然而，青春年少时谁又听得进去这些苦口婆心呢？青春年少时谁又不天真谁又不无邪呢？一个人总要试了很多次错，撞了几回南墙，尝了一些苦头才知道世间的事不是自己想的那么简单，才知道经历的那些淡淡的小忧伤、小情绪、小心思虽然是值得反复回味的，但永远保持着对生活的热情，保持着对未知世界的渴望，打起精神继续前行才是最紧要的。

这是一本写青春年少的书，这又是一本不只写青春年少的书。

解小邪

2019 年 3 月 27 日

目录

第一辑　后来唯有热泪盈眶

第二辑　不完美的小孩

第三辑　谁的天真不无邪

附录

第一辑

后来唯有热泪盈眶

芥菜疙瘩莲花开

1

“他妈是卖咸菜疙瘩的，他是个疙瘩头。”

他是被人这样喊着长大的。从小他就恨透了那些咸菜疙瘩，更痛恨自己生在一个贫穷家庭。

每年冬天农闲时候，别的父母都张罗着给孩子买新衣置年货，他妈却忙得脚不着地，忙着到地里收芥菜，忙着备盐腌咸菜，忙着去山里挑泉水……

一晃十几年，他已长成一米七几的大小伙子，她依旧风里来雨里去。寒假里，他背了会儿书，伸了个懒腰的工夫，被她看到了，便命他去挑两担水，说正好可以歇歇脑子。

他拎着扁担和水桶出了门。

一个小时后，他回来了，很累似的把两桶水重重地搁到地上。

他妈望了望他，又望了望那两桶水，轻轻摇摇头，然后弯下腰，提起水桶，把水往外一泼，那水“哗”的一声倾入院子，天气太冷，水流瞬间冻成了冰碴儿。

他说：“这是我辛辛苦苦挑的水。”

他妈说：“辛苦不辛苦，你心里最清楚。你糊弄得了别人，你能糊弄得了自己吗?”

他的小心机被识破，狡辩道：“井水和泉水还不都一样？谁大老远去挑泉水腌咸菜疙瘩，哪个买咸菜的人能尝出你是用井水还是泉水腌的咸菜疙瘩?”说着，他踢翻了脚下的一袋子花椒：“还有，今年花椒的价格都翻番儿了，你还专门买大红袍梅花瓣花椒，不就是咸菜疙瘩吗，人家大鱼大肉地吃，谁会在意那一口咸菜疙瘩里是不是有花椒味儿。”

“确实，这世上很多事都没有人在意，我用没用泉水腌咸菜，看咸菜表面是看不出来的，但尝一口就知道哪个好吃哪个不好吃，学习也一样，你用了多少功，能得多少分是有数的，很多事别人不往心里去，不代表你心里真正踏实得了。”

她拎了扁担和水桶出门，走到门口时，甩下一句话：“全世界都不在意，我的心也会在意。我这辈子就想踏踏实实把人做好。”

他静静地站在院子里。那两只拎在她手里的水桶“咣当咣当”的碰撞声越来越远。

两天前，他收到了成绩单。他考了年级第五，他得意的是连蒙带抄竟然没被老师发现。但听她这话里话外，似乎已知晓实情。必定是老师告知的，那他的所作所为，并非像他想的那样只有他一个人知道。他之所以想得高分，是想获得奖学金，希望能减轻点她的负担，不然，以他年级 50 名的成绩，想获得奖学金，根本没戏。

然而，她并不领情。

2

那夜，他关了屋门，喝了两口白酒。

不胜酒力的他，醉倒在屋子里，嘴里嚷嚷着，为什么我生在这样的家庭？为什么我要过这样的苦日子?!

她知道他喝了酒，走到屋外，透过窗玻璃看他还能坐起来，知道没什么大事。

她搬了把椅子，坐在他屋门口，隔着一层关上的门，给他讲起了故事。

他生在北方的农村。一到冬天，北风扯天扯地刮，刮得人一听到“呼呼”声就浑身发冷。他就出生在那个北风天，家里条件不好，他妈没多少奶水，他饿得嗷嗷叫。

他爸穿上棉大衣，去乡镇工地搬砖。工钱是按搬砖的数量算，他白天搬晚上搬，他要搬砖挣工钱，回去给娃他妈炖鱼汤喝。老人说喝了鱼汤，奶水就下来了，娃娃就不会挨饿了。

然而，谁也没有料到，他爸这一去就再也没有回来。钱没挣着，他爸被塌了的砖砸死了，老板怕担责任，跑了。他妈在月子里越想越难过，天天抹眼泪，公公婆婆一想到唯一的儿子死了，也是哭天抢地，没有人顾得上这个刚出生的孩子，眼看着本就不胖的小人儿瘦得快没有了人形，他妈这才把头一抬，不行，就算她不想活了，孩子也得活下去。她托人卖了家里的柜子，换了些米和面，还买了两条鱼，熬了一大锅鱼汤，一日三顿，每顿都就着芥菜疙瘩喝上两大碗鱼汤，直喝得鱼汤没了腥味，这才把鱼骨头倒了。他妈有了奶水，他的小脸也一天一天变得粉嫩起来。

等他妈出了月子，晚播的芥菜也要收了。他妈是个勤快人，每天喂他吃饱后把他送到公公婆婆家，她一个人冲进冷飕飕的风里，戴着他爸留下的大厚手套，把芥菜从土里拔出来。

那年的芥菜价格像是从高空坠落的飞机，一路跌不停，虽然亩产五六千斤，实际上却连成本都收不回来。他妈望着满坡满野的芥菜，叫天天不应叫地地不灵。

3

天无绝人之路，她决定把那些芥菜腌成咸菜卖。在此之前，他家腌的咸菜只为自家吃；若要腌成千上万斤咸菜，谈何容易。光本钱就是一大笔。公公婆婆阻拦。他妈犟："也只有这一条路走，不然怎么办？等着芥菜都卖不出去，烂在地里?!"

公公婆婆见说服不了她，只得凑了点钱给她，当然这也是有条件的，他们要和她分家，分给她五间屋子，四床被子和一个箱子，还有一辆自行车和一头牛。她并不讨价还价，公婆给什么她就拿什么。

第二天，她就把箱子卖了，把五间屋子里独立的两间屋子也卖了，她骑上自行车，怀里揣着卖得的钱到了乡里，换了五口大缸和几袋盐巴，还有几斤花椒和大料。

从此，她白天去地里干活，晚上回家洗芥菜，她用铁刷子使劲刷，直到把芥菜上的须子都刷掉，那芥菜个顶个儿的碧绿、雪白，层次分明，很是喜人。

她去离家几里外的山上挑了泉水来，回到家把山泉水倒进大锅里，把洗干净的花椒和大料用布包了丢进锅里，锅底起了火，那泉水"咕噜咕噜"地冒着热气，氤氲的热气飘溢出花椒和大料的清香，等水稍微冷却下来，她用瓢把水舀到大盆里晾着。

这期间她不闲着，她把晾得表面没有了水分的芥菜的白顶儿横着切几刀竖着切几刀，她觉得这样腌的咸菜入味。她把切好的芥菜摆进大缸，每摆一层芥菜撒上一层盐，全部摆完在最上面再撒一层盐。

几天以后，她把已经凉透的花椒和大料水倒进摆满芥菜的大缸。她望着大缸里的芥菜，它们那鲜嫩的白顶儿，多像漂在水面上的莲花，看到这些“莲花”，她满眼就透着光。她仔细地用塑料布把缸顶遮好，搁上盖垫箅子，还在上面压一块石头，以免盖垫箅子被风吹开，或是塑料布漏了，落上灰。

从此，便是等待。

一天一天过去，眼见着他家快揭不开锅时，那些芥菜疙瘩可以出缸了。她从缸里捞了一个小的咸菜疙瘩切了一盘，又从院子里拔了两棵小葱切成丝，加了点酱油拌了拌，味道好极了！她想以后若是生活富裕了，再放上两滴香油，肯定更让人回味。

她骑着自行车驮着咸菜疙瘩满大街叫卖：“卖咸菜嘞——”不管是寒风凛冽的冬天，还是蒸笼一样酷热的夏天，小镇上，村子里，都留下她叫卖的声音：“卖咸菜嘞——”

很多人尝了她的咸菜疙瘩后，都说好吃，又买了第二回、第三回，虽然只是咸菜，吃完总觉得唇齿留香，问她是怎么腌的，她也不保密，告诉人家怎么腌，但人家问了也就问了，知道是泉水和花椒还有大料起了作用，花椒和大料倒是简单，可这泉水是难题，谁能跑那么老远去挑山泉水。于是，下回她再来叫卖，人家照样买她的，他们都嫌照她的做法腌咸菜太麻烦，再说腌一缸咸菜，一年到头也吃不了一缸，所以就一次又一次地买，也总能吃到新鲜的。她家的日子就这么一天一天过了下来，虽说不富裕，但至少能让她和孩子吃饱穿暖。

她说：“孩子，我能把你养大，已经是尽了全力，你再要求过上更好的日子，只能靠你自己。”

说完，她走回自己屋，关上了门。

4

他在屋里坐直了身子，抹了抹脸上的眼泪，他并不知道自己的身世，他只知道埋怨，却从未想过她这些年过得有多辛苦。

他站了起来，想出去走走。

刚走到门口，他就看到月光下散发出清香的花椒，旁边摞着几袋盐。他忽然想到，有一年突然闹了盐荒，村子里都买不到盐了，镇上的盐贵得出奇，甚至有的小卖店把盐囤起来不卖。大家想到她家有盐，都奔了过来。所有人都以为她家的盐会卖得很贵，因为她家不富裕，盐又紧缺，卖贵点儿也合情合理，可她卖的价格却跟她买时的价格一样。她家的盐一大袋 50 斤重，来买的人都是散着买，称的时候她又总是把秤杆给抬得高高的，盐卖完了，一算钱，亏了，还得搭上路费。

他说她缺心眼儿，干嘛不趁机挣点钱，他们又不欠村里那些人的，这些年，街坊邻居也没给他们家帮过什么忙。她说，要是大家都没盐吃了，只有她家有盐吃，那她宁愿不吃盐。她说，你不对人家好，人家怎么知道你的好，人家有了难处，怎么能趁机相讹呢？

盐荒很快过去了，所谓的盐荒不过是谣言引起来的，不过是盐商囤了盐不卖而已。那周，他骑着自行车从学校回家，一路上净是跟他说话的村里人，这才几天，村子里的人对他的态度就来了 180 度的大转变？莫非是她卖给了别人不涨价的盐，人家念着她的好？

人家吃了她家的盐，也不只是嘴上打个招呼就过去了，收芥菜时，她家劳动力少，村里人谁有空谁帮她收，收完码在地头上，她也不知道是哪家人帮着收的。还有一家咸菜厂的厂长，听村里人说她腌的咸菜好吃，找上门来请她做技术指导，她把自己新琢磨的萝卜咸菜、雪里蕻咸菜、黄瓜咸菜等各种配方都给了咸菜厂的厂长，人家拿回去愣是腌不出她腌的咸菜味儿，等人家再登门，她又琢磨出了新品种。那厂长三顾茅庐请她去厂里指导。她说腌咸菜哪有什么技术不技术，只有用心不用心，你对芥菜好，芥菜也就对你好。

想到这些，他抬抬手，抹了抹眼角的泪。他突然想去看看那些被他鄙夷的芥菜。月夜里，他像一个小偷一样，悄悄地溜到大缸旁边，用手扒开搁着盖垫箅子的大缸，那些芥菜正踏踏实实地坐在大缸里，像极了一朵朵朝天空开放、一到夜里便合上花瓣、兀自飘在水里的莲花，那样的美，那样的恬淡，那样的洁净。

那夜，他吹着口哨拎着扁担和水桶出了门，他的心从未有过这般轻松的感觉，他觉得那月光只为他倾洒，他觉得那些“莲花”都是为他盛放，从此，也将为她盛放。

花海里那个归来的少年

1

这个盛夏，向日葵花海里的花恣意地开着，太阳走到哪儿，它们就转向哪儿。

花海入口和出口处人来人往，他们都是慕名而来的，为的是看看这漫山遍野的一望无际的花海。

过完这个盛夏就要升入初中的张小北快要玩疯了。他和几个同学坐车去了车水马龙的城市，他们想看看外面的世界是什么样的。他们走进商场，看了看标签，衣服贵得吓人；他们找了好几家游戏厅，店里都以他们是未成年人给拒绝了，好不容易在一个不起眼的地方找到一家游戏厅，他们打了一个通宵又一个通宵，饿了就叫外卖，渴了就喝饮料，直到眼睛快要睁不开才罢手；离开城市那天，他们去饭店吃饭，张小北狠了狠心挑了一家高档饭店，点了几个不便宜的菜，还点了一瓶红酒，花了500多元钱……

然后，张小北和同学坐上了回小镇的车。小镇有着好听的名字——葵花镇。很多年前，小镇上家家都种向日葵，后来葵花子不值钱，葵花镇就只剩下虚名。

去年，在外地打工的张小北的爸爸回到了葵花镇。他望着已经露出地皮的漫山荒野，不禁流下泪来。葵花镇的年轻人都外出打工了，镇里老的老小的小，那些连成一片的地也荒芜了。他小的时候，这里郁郁葱葱，走出家门就是壮美的画卷，但那时的他不懂得家乡的壮美，一心追逐远方，多年以后才发现，远方终究是远方，不是属于他的地方。那日，他抬头望了望天，忽然明白了些什么，40岁的他想在家乡的土地上种下理想和希望。他的理想是为了自己，希望是为了张小北。他做这个决定是有原因的：这些年在外漂泊，一年回不了几次家，他的儿子张小北也从一个光着屁股满镇跑的小黑蛋长成了俊秀的男孩，但他们之间仿佛总隔着什么，他想和张小北说话，张小北却只将头埋在手机上，对他爱搭不理。他深深地知道，再继续下去，他的希望怕是要破灭了。

在小镇居民区最北端能看到高高耸立的向日葵，那是张小北家的向日葵花海。张小北和几个同学先后下了车，公共汽车转了个弯朝另一个方向驶去。他们向前走了几十米，钻进了花海，取出藏在里面的自行车，抬腿骑了上去。往前骑上两分钟，就是花海出入口，那儿人来人往，他的眼睛在出入口寻摸，还好没看到父母，不禁心里暗喜，他最不希望见到他爸张大北了。

他骑着单车“嗖”地一下飞过去，毫不留恋地把那些黄灿灿的圆盘一样的葵花脸远远地甩在身后。

“你回家，你爸不会打你吗?”胡小南问。

“他打我我就跑，他还能跑得过我?”张小北答道。

“你牛。”胡小南说。

2

张大北和媳妇从花海回来时，张小北正打算出门，他找了半天，也没在家里找到什么好吃的，于是想去胡小南家蹭饭吃。

张大北和张小北在院子的过道里打了照面。

“说，钱在哪儿?”张大北扔下手里的锄头，大声吼道。

“不知道。”张小北小声说。

“不知道是什么意思？说，钱在哪儿?”张大北的声音又提了几度。

张小北他爸，这个40多岁的男人暴怒了。他从贴着院子西边捆着的柴火里抽出一根棉槐条，紧紧地握在手心里，又在原地定了几秒，像是下了决心似的，将棉槐条甩向张小北。

随着“啪”的一声，棉槐条抽在了张小北的胳膊上，他瞬间撕心裂肺地惨叫：“爸，不要啊!”再看他的胳膊，一条鲜艳的红印子。

那棉槐条在葵花镇的沟边上到处都是，人们拿镰刀割下来，刚割下来时又绵柔又韧，是编竹筐的好材料，晾晒过后是上好的柴火，做饭时放在锅灶洞里“噼噼啪啪”作响，一小把就能把饭做熟了。除去这些功能，当人把它握在手里又立时成了利器。

“我抽这第一下是要告诉你，不说实话就会有人教训你，现在是我来教训你，如果你再这样，以后会有法律来惩罚你。”张大北瞪着大眼睛，凶着一张脸，语气坚决，毫无回旋余地。

“说吧，钱在哪儿？”

“我和几个同学去城里玩，都花了。”张小北受不了皮肉之苦，招了。

“出去玩？都花了？你真敢说啊，那钱是你的吗？是我和你妈辛辛苦苦挣的，那些钱是给工人发这几天的工钱的，你以为钱是从天上掉下来的吗？种向日葵不得有本钱吗？不得买种子吗？不得雇人吗？不得租地吗？你可真是大手大脚啊！从明天起，跟我去葵花地里干活，你干一天活，我给你一天的工钱，上初中的住宿费生活费就从你的工钱里出，要是挣不到工钱，你就找你的同学去，看他们能不能供得了你上学。”

说完张大北又拿棉槐条抽了张小北第二下。张小北又发出一声惨叫。

“我抽你第二下是让你知道钱是家里的你也不能随便拿，那不是你挣的，你拿了跟偷是一样的，有本事就自己挣给自己花，拿家里的钱算什么本事！”

张小北这一次和同学进城拿了张大北放在床头的 2000 块钱，几个人用了三天，把钱挥霍光了。张大北找了他三天，他一个电话都不接，如今把钱花完了回来，张大北能不恼怒？

“说，为什么要和同学去城里花钱？”

“我们想去看看城市是什么样的。”

“你们都干了什么？”

“坐了汽车倒火车，去了商场，还去游戏厅打了游戏，去饭店吃了饭，喝了酒。”

“为什么他们没从家里拿钱，只有你从家里拿钱？”

“‘世界杯’的时候，我们赌了个球，我赌输了，输的人要请客。”

“赌球？你拿什么赌？你吃的穿的用的都是我从地里刨出来的，你有什么资本去赌？”

说完，张大北又甩出了棉槐条，这一次比前两次都狠，张小北缩在墙角好一会儿没抬起胳膊。

“这一下是让你长记性，赌是能毁了一个人一个家的，以后你若再赌，就不是今天这样抽你三次就算了的。”

张大北的棉槐条一共抽了三下，再没下手。他的打，也不过是为了吓唬吓唬儿子。三下后，他媳妇一把把棉槐条抢过去，他借坡下驴，停了手。张小北毕竟是他儿子，每一下都是打在儿身，痛在爹心。

3

张小北挨了打，不敢也没心思再去胡小南家。

他妈望着仇人一般的爷俩，把做好的菜盛了两份，一份端进客厅给张大北和自己吃，一份端到张小北房间。

吃饭间，媳妇对张大北说：“孩子在长身体，这样打会打坏的。”

张大北故意高声回道：“打坏了我能养得起，这要是学坏了，我砸锅卖铁都还不起。”

张小北望着他妈炒好的菜，菜里搁了不少肉。他知道自己错了，可还是想保留点儿骨气，于是饭菜未动分毫。

半夜，张小北饿醒了，他把骨气抛到了一边，把菜和饭全都塞进了肚子。正打算继续睡觉，却听到父母的低语：“你说这样的孩子怎么办？怎么办啊？”他甚至听到了父亲的哭泣声，心里一紧。

第二日清晨，张小北被张大北叫醒了，“赶紧起来，到地里干活去。”

张小北犯了大错又挨了打，不敢再跟张大北横，只好磨蹭了一会儿，穿上了短裤T恤。

“你个没干过活的熊孩子，葵花叶子上净是尖毛毛，你不怕把胳膊和腿扎坏了？快去换上长袖长裤。”

张小北本来就不想干活，又挨了张大北一顿剋，就一动不动站在那里。张大北他媳妇怕两父子又戗饿起来，赶紧找了身张大北的长衣长裤给孩子。张小北望着那身晒旧了的衣服，满脸的不情愿，但他没胆再跟张大北叫板，那三道棉槐条印子还深深印在他皮肤上，看一眼都疼。

张小北和他妈坐上张大北的三轮车，三轮车在路上晃晃悠悠，他竟又睡着了。

车到了花海，他妈告诉他上午要干的活："这些天来花海的人多，踩倒了不少向日葵，得把它们扶起来，不然晒不到太阳，结的籽都是瘪的。"

"花海不是要收门票的吗？葵花结不了籽也少挣不了几个钱。"张小北不以为然。

"总得把你败的 2000 块钱赔给我吧。"张大北白他一眼，扔了三捆棍子给他："不把这三捆棍子绑完，你甭想回家歇着。"

张小北心想，不就三捆棍子嘛，看我不……岂料那三捆棍子很沉，别看张大北拎得轻松，搁他手里，一次拎一捆都费劲。

张大北乐了："小子，你也试试挣钱多不容易吧，反正雇别人也是雇，不如让自家人把钱挣了。"

张小北默默地拎起一捆，朝花海走去。他知道张大北在后面看着他，他咬着牙把一捆棍子拎到倒了的向日葵边上。他在每一棵被踩倒的向日葵边上插一根棍子，再用麻绳将向日葵和棍子绑在一起。

一刻钟过去了，他认为张大北肯定已经不在身后看着他了，这才伸出右手放在眼前看了看，手已经被勒破。张大北说的没错了，挣钱确实不容易。

他要扶和绑几十棵向日葵，日上三竿，太阳火辣辣地炙烤着大地，从地里升腾起来的热气在周围蔓延，汗水很快从身体里蒸发出来，流到被葵花叶子上的尖毛毛扎破的皮肤上，流到昨天被张大北抽的那三条印子上，疼得他“嘶嘶”地叫。

两捆棍子快绑完时，他肚子开始发出咕咕的叫声，可父母并没有提吃饭的事，他也不知道他们在哪里，在干什么，只好在葵花地里绑啊绑……

三捆棍子终于绑完了，张小北到花海入口处找张大北。张大北正忙着卖门票，看到他来，从抽屉里拿了 50 块钱，从窗口处扔给他：“给你，这是你的工钱，半天 50 块钱，下午干完再给你 50 块钱，你想吃什么自己买去吧，但要记得你还欠我 2000 块钱。”

张小北接过 50 块钱，拖着两条腿跌跌撞撞地走回了家。

4

这一上午把张小北累得够呛。收了工，他真想去吃顿好的，比如麻辣烫或是牛肉面之类的，但想到还欠着张大北 2000 块钱，他只好把 50 块又往裤兜深处掖了掖，还是回家找点什么东西吃吧。

他妈已经先他回家，给他煮了碗面，碗底卧了两个荷包蛋。

他吃着吃着，眼泪掉了下来。在今天之前，他只知道以前他爸在外地打工，直到去年回到葵花镇种植了大片的向日葵；他只知道他的父母经营着一家向日葵花海，每天都有人来花海旅游；他只知道每张票卖 20 元，一万人来就是 20 万元钱，他以为 20 块钱是轻轻松松就能挣到的，他从未想过花海也是有支出的，在花海工作也是要出力出汗的……

他吃着面，他妈拿出了手机，手机里是前一天张大北打完他的视频。张大北坐到里屋的床上，拿床单捂着头，呜呜地哭，40多岁的大老爷们哭起来像个委屈的孩子。

张小北别过脸，大口大口地吸溜着面条，眼泪已经像断了线的珍珠，不停地落到碗里，吃到嘴里。

张小北在花海里连续工作了20天，他挣了2000块钱。他把钱放在了张大北的床头。他就是在那个床头把张大北的2000块拿走挥霍掉的。

还清张大北钱的那天晚上，风雨交加，那雨像是从天上往下倒一样，打得院子里的菜都趴在了地上。此时正是向日葵长瓜子的时候，他担心他绑的那些葵花不结实，万一被雨水打倒了可怎么好。

黑夜里，他披上雨衣跑向了花海，好在他绑的那些葵花在雨水中挺立着，安然无恙。

雨水冲刷着他的脸，他滑了一跤，起身时，又滑了一跤，他干脆躺到花海里，望着头顶那些黄灿灿的圆盘一样的葵花脸，它们即使在风雨交加的夜晚流下了眼泪，笑得却还是那么灿烂。

他也笑了。这一次他走进花海，这一次他不是路过。这一次葵花就是他，他就是葵花。

你听，水钻在唱歌

1

初夏，多么让人心情愉悦。许夏居然请我去帮她辅导数学，我差点乐疯了。许家小姐可是校花一朵，我要不是数学特别强，才入不了她的眼呢！

周末，我打破常规，六点就起床。出门前，我特意洗了澡，穿上新买的衣服。这身衣服价格不菲，全身上下加起来 1200 块人民币，是爸爸送给我的生日礼物。

我打扮一新后在街头与许夏会合，她还没吃早饭。在路的拐角有一家比萨店，我吃过一次，味道不错，这次要带许夏尝一尝。饭费嘛，当然是我付。出门前，爸爸正在穿衬衫，他最爱的白衬衫，总是洗得像面粉一样白。他见我着急出门，盘问我去哪里，我说去同学家。他把许夏的家庭情况问了个遍，最后掏了五百块钱给我，说是跟同学吃饭不能小气。呵，老爸的大方总是让我刮目相看。

早饭毕，我坐进许夏的接送车，车开到城市的郊区，进入了半山腰，在一扇大铁门前停下。许夏说，这里就是她的家。

传说许夏家境很好，只是没想到这么好。她家的别墅有三层，大院子里居然还有一片小小的树林，门前开满了蓝紫色的薰衣草。我终于知道为什么许夏的身上总会散发着木头甜味的清淡香气了。

我像刘姥姥进了大观园。许夏家有二十几个卧室，书房就有三个。在我眼中，爸爸也是个“成功人士”，但跟许夏家一比差距还是太大了。坐在她家偌大的书房里，我心不在焉地给她讲数学题，烦躁地想早点离开。

大概是楼下装修，“嘟嘟嘟，咚咚咚”的声音不断地传过来，吵得许夏无心写作业。她站起来，往门外走：“我家在建车库，真烦人，周末也不消停。”

我跟着许夏来到楼下，正看到一个胖胖的男人扛着沙袋往还没建好的车库走。我停下了脚步，这个人的背影似曾相识，只是这身旧蓝色工作服太瘦，穿在他身上不怎么合体。我迅速缩回到门里。

许夏大声说："你们能不能别在周末施工啊，我好不容易在家过个周末，被你们吵得心烦。"

那个男人放下沙袋，嘿嘿笑着说："赶工期，没办法呀。"男人的大白牙在阳光的照耀下格外显眼。

回到书房，"嘟嘟嘟，咚咚咚"的声音仍旧不时传来，我再也坐不住了，跟她说"从图书馆借的书今天到期，得还回去"，就逃离了许家。许夏打电话叫司机送我时，我已经跑下了楼。

走时，我看到那个胖男人正蹲在地上，手里拿着一个大家伙给墙钻孔，我的耳边每每传来"噗噗噗"的声音，就会看见他的身子在随着大家伙抖动，这声音挠着我的心。

2

回到家，我像往常一样写作业，看电视。

“儿子，看我给你买什么好吃的了。”爸爸的嗓门总是那么大，人还没进门，声音已经透过门缝穿到屋里。他胖胖的身体挤到门里，身上穿着早上出门时穿的白衬衣。

爸爸买了我最喜欢吃的樱桃，那些樱桃鲜艳夺目，看着就有食欲，然而我一颗都不想往嘴里送。

晚饭依旧是爸爸下厨。简单的两个菜，吃得我不亦乐乎。爸爸吃了很多菜，还喝了一点酒，他说：“儿子，今天爸爸谈了一笔大业务，要是拿下来，爸爸送你一双名牌鞋。”

我说：“好呀，到时我一定好好宰你。”

是呀，我不宰爸爸宰谁呢？妈妈跟别人走了，我和爸爸一路从风雨中走来，既是亲密无间的父子，又是相依为命的哥们儿。但是，这一夜，那个胖男人的身影总是在我眼前挥之不去。

星期天，一大早就热得让人喘不过气来。我假装睡得很香。耳朵则支棱着，只听“咔嚓”一声，门一上锁，我便迅速地从床上爬起来，蹬上长裤，套件 T 恤，装了钥匙，打开家门，飞奔而去。

我尾随着爸爸来到公交车站，他穿着他最爱的白衬衫，毫不犹豫地坐上车，我则打了辆的士跟上去。司机很郁闷地说：“让我追着公交车跑，浪费这么多时间。”

我只好恳求他多帮帮忙。司机是个好心人，载着我跟在公交车后面绕了好几个弯。终于，爸爸下了车。我也下了车。

爸爸去的正是许家。他朝四下张望，似乎确定很安全，这才按下门铃。门开后，他迅速闪进院子。我也按了门铃，用人来开门时，我说我来给许夏辅导功课，眼睛则往爸爸的方向瞟。

这时，爸爸走到没有完工的车库边，麻利地扒下身上的白衬衫，从墙角的布袋里掏出一身沾满白油漆点的旧蓝布工作服，急急火火地穿上，又从布袋里掏出铲子、锤子等家什。趁他换衣服的当儿，我迅速从他身边溜过去，然后转弯进了那片小小的树林，这里藏两三个人还是没有问题的。

我看见爸爸熟练地抄起铁锨，铲开一袋水泥，将水泥和沙子混在一起。这时，干活的工人才陆陆续续赶来。他们跟爸爸打着招呼："老夏呀，你干活别这么拼命，老这么早来晚归，身体吃不消。"

爸爸嘿嘿地笑着："没啥吃不消的，不多干点，儿子学费怎么办？他读的可是贵族全封闭学校，光学费一年就好几万。"说完，他闭着嘴，用力挥动铁锨，沙子和水泥在他的搅拌下逐渐融为一体。

工人们很快进入工作状态，砌墙的砌墙抹灰的抹灰……眼看着太阳升起，室外温度升高，即使我缩在树荫里，浑身也在冒汗，工人们更是时不时地歇口气，只有他，满头大汗，都顾不上擦一下。

我想逃离许家，却不能从爸爸眼皮底下溜过去，周围的院墙很高，我试了试，根本爬不上去，只好又坐回阴凉里。树林里的蚊子许久没闻到香味了，纷纷拥向我，不一会儿我胳膊上就被叮出十几个包来。

我在挠痒痒的时候，瞥见许夏家的晾衣架上挂着的那件洗得透白的白衬衫。在过去的很多天里，他每次出门都要穿白衬衫。那白衬衫把我的眼泪都闪了出来。

3

中午十二点，趁着爸爸和工人们吃午饭的空儿，我飞也似的跑到门口，按开大门开关。门开后，我一溜烟窜出了几十米。

我实在饿极了，可早上打车花掉了身上所有的钱，连坐公交车的钱都没有了，怎么办？

我想给许夏打电话借钱，又担心她看不起我，之前我曾经跟她说我的父亲是做建材生意的，如果她知道我父亲只是一个建筑工人，不知道她会用什么眼光看我。

我在路上漫无目的地走到天黑，脚底早已磨出泡，但我不知道回家的方向在哪里，我没有问路，因为此时的我不想跟任何人说话。等我发现必须问路的时候，周围再没什么行人了。荒郊野外，黑夜里小风飕飕地吹着，即便是盛夏，也吹得我浑身起了一层鸡皮疙瘩。

八点多，手机铃声突然响起，尽管这个铃声那么熟悉，还是惊得我浑身打战。我不想接电话，更不想说话，我不看也知道是谁给我打的电话。

手机铃声一直在响。我再也不能不理。我没头没脑地冲手机吼道："我在郊外，死不了。"

电话那头急忙询问："你跟谁在一起？这么晚了在郊外干什么？赶紧回家呀，饭都凉了。"

我仍旧没好气地说："回什么家？你自己丢人还不够，还跑到我同学家丢人去。"

电话那头先是沉默，再是试探："许家的孩子是你的同学吗？"

"是的。"

"你今天去过她家？"

"是的。"

"你现在是不是在她家周围？"

"不用你管。"说完这句话，我挂断了电话，关了手机。尽管我知道我不应该这么跟他说话，他是我的父亲，是我哥们儿，是我一直以来的依靠，可他竟然骗了我，他为什么要说自己是个建材商人，为什么总要给我零花钱，为什么带我去贵得吓人的地方吃饭，为什么瞒了我那么久！为什么很多事他要一个人扛！

我走不动了，躺在地上望着天上的星星。我埋怨自己，怎么能那样对他。

不知过了多久，匆匆的脚步声响起，我警惕地躲到路边的大树后面。那人走近了，我模糊地看出是我爸爸。爸爸显然已经看到了我，他小声叫着："儿子，别跟爸开玩笑，赶紧回家。"

路灯下，我看到了爸爸，他穿着已经皱了的白衬衫，说："有什么话，回家再说，爸还没吃饭呢。"他说完，右腿已经跨上了电动车，"出租车跑得太快，我怕我眼睛反应不过来，错过你，就骑电动车来了。"

我坐到了车后座上。他出了很多汗，白衬衫紧贴在身上，我也肆无忌惮地把眼泪鼻涕抹上去。

路上，我们谁都没说话。路仿佛因为我们的沉默而拉得更长。到家时，已经十一点了。他给我煮了面条，我推开了。他不含糊，自个儿大口大口地吃了起来。

4

第二天一大早，我就要返回学校，开始五天的住校生活。看不到他，我的心仍旧平静不下来。同学们知道我的父亲是一个建筑工人，会怎么看我？

周末，我去了姑姑家。姑姑在一个小镇上当老师，我一般两三个月去一次。姑姑见到我很高兴，拉着我看她种的菜园，又拔了些菜让我带回家。我问她知不知道爸爸在做什么工作。

姑姑装作没听见，给我收拾着新鲜的青菜。半晌，她才说："做建筑工人又没什么丢人的，他不偷不抢，靠力气吃饭，怎么，嫌你老子没本事？"

我低着头，不知道说什么好。

姑姑又说："他不就是想让你上个好学校吗？他的生意做砸了，你妈又走了，他能在那个时候告诉你他没钱了，你不能读那个学校了吗？他这辈子心心念念着要培养你，送你去贵族学校，给你报补习班，带你去很贵的地方吃饭，希望你将来真的像个贵族，有自信，有精神。"

姑姑正说着，一个电话打来，她大惊失色，扯着我的手紧张地说："快，快回家里，你爸打水钻的时候被钻头崩着了，现在在医院里。"

我的心抽搐了一下，姑姑拍拍我的手，说："打水钻需要很大的力气，按不住水钻就容易打晃，晃得厉害就会崩到人。一般人都不愿意干，可你爸说钻孔赚钱快。"

半小时后，我和姑姑来到医院，爸爸站在门口，他的左手缠着纱布。

"没事，昨天没休息好，没按住，手崩了一下。"说完，爸爸拍拍我的肩，"千万别告诉我你不想去学校了。"我哽咽着点点头："但是我不要穿名牌了，能一直把白衬衣穿得整洁如新，才是真正的贵族。"

老爸笑了："是我的儿子。"

又是周日，我如约来到许夏家给她辅导。我和爸爸一起坐公交车去的，我告诉许夏："这是我爸爸，他会盖房子，你家的车库就是我爸在做。"

辅导完功课，我下楼，抢过爸爸手里的水钻："我也能打孔。"爸爸点点头说："一定要小心，水钻震动的时候力量很大，拿不稳会伤到人的。你拿紧钻托，我按住钻柱，干活的时候不要着急，水钻也有灵性，你对它好，它也会对你好，一个孔，‘噗噗噗’，一会儿，像唱歌一样就钻好了。”

当“噗噗噗”的声音响起的时候，许夏微笑着朝我们走来，手里拿着雪糕，我的四周弥漫着铺天盖地的薰衣草香……

追回落单时光

1

十四岁的我不是个好孩子。我喜欢在口袋里塞一包烟，坐在街头，有漂亮姑娘走过来，我总要打一个响指，这时候，姑娘的白眼和嘲笑总会无情地抛过来。无所谓，我照单全收。

有时候路过的人多看我两眼，我都会冲对方嚷："看什么看?!"我真的无所谓，我的爸爸是个贼，我的妈妈早甩下我这个包袱，跟了别人，爷爷奶奶虽然供我吃穿，但他们视我为眼中钉，对我的态度跟对小叔家的孩子截然不同。

十岁时，我跟小叔家的孩子姜小宝玩抬轿子的游戏，由于没有真的轿子，我们假装抬着空无一物的轿子，乏味至极。趁奶奶去邻居家串门，姜小宝把奶奶藏起的半篮鸡蛋找出来。然而，姜小宝六岁，力气太小，一失手，半篮鸡蛋掉到地上，汤汤水水，搅在一起。

姜小宝吓得哭天抢地。我无所谓，碎了就碎了，反正也不是给我吃的。奶奶闻声赶来，看看哭成泪人的姜小宝，再看看傻愣愣站着的我，二话没说，上来就给了我一个耳光。我的右脸火辣辣的，姜小宝也止住了哭，蹲在奶奶跟前，看她把那一摊汤汤水水收进一个盆里。

那天中午，饭桌上摆着一盘炒鸡蛋。我伸了伸筷子，被奶奶打回："鸡蛋都被你打烂了，还想吃鸡蛋。"那几天，饭桌上总要摆上炒鸡蛋或者鸡蛋汤，姜小宝总要"吧唧吧唧"地吃得满嘴油花，而我，只有看的份。

姜小宝或许是吃腻了鸡蛋，经常不正经吃饭，把鸡蛋清扔到桌子上。奶奶求着他说："乖孙子，蛋清也要吃一点，这样才能长高个。"可姜小宝根本不理她，奶奶才转头对我说："小宝不吃，你吃吧。"

我低着头，继续啃我的馒头。我想，啃馒头一样可以长大，我才不稀罕姜小宝吃剩的蛋清。这时，奶奶瞪我一眼，说："跟他那个做贼的爹一个脾气。"

那之后的一个月，我都没有鸡蛋可吃。偶尔我也想念鸡蛋的味道，却那么抗拒吃到嘴里，大概是落下了心理阴影。鸡蛋很有营养，但我的个子并没有因为没吃鸡蛋而停止往上拔，不到十四岁，我就已经长到了一米七几，我也真正成了一个街头混混，偷鸡摸狗，翻墙钻洞，我成了小镇上人人惧怕的人物。

威风的感觉，真好。

2

我是在公安局里认识他的。

前一天晚上，我和几个混混在一家酒馆里喝了点小酒。十一点钟时，我们起身离开，酒馆里的伙计拦住了我们，说我们还没付账。

我们几个哈哈大笑，说："我们吃饭从来不付账。"争吵着，推搡着，就打起来了。碗、盘子、酒瓶碎了一地。

有人报了警，同伙们跑得快，等我反应过来，胳膊已经被警察扭起来，动弹不了。警车呼啸着，我的酒却没醒，坐在警车上就睡着了。

这一觉就睡到早上七点，醒来时高个子警察已经给我买回了油条和豆浆，说已经通知了我的家人来领人。

一个上午过去，没有人来领我。这是我意料之中的。我想，这样也好，警察局总比家里好，这里不会有人给我脸色看。

下午一点，警察说有人来看我。我相当意外。仔细一看，是酒馆的老板，一个胖胖的老头。他的头上还包着纱布。他跟警察说："酒馆里没多大损失，我也不要求他赔偿。"警察说："虽然你不要求赔偿，但还是得好好给他家人上上思想政治课，孩子是需要教育的，是需要管的，不管不顾，这孩子将来可怎么办？"

他说："他的家庭情况，你们也都知道，他爸的事，跟他又没有关系，他还是个孩子，这事让他家大人知道后他的日子更不好过，你们看，我把他带回去怎么样?”他还恳求警察，不要把这事通报给学校，“他以后还要做人，还有很长的路要走呢!”他边说，边递给警察两条烟。那烟，警察没有收。警察说：“张老伯，你注意着点，可别好心办坏事啊。”

就这样，我被他带回了小酒馆。他一言不发，亲自给我炒了两个菜，其中一盘菜是香椿炒鸡蛋。他还开了瓶啤酒。我们就这样对饮起来。他说：“你要是不想回家，晚上就帮我看店，我管你吃住，你放学后可以直接到酒馆里吃饭。”

我点了点头，说：“我已经退学了，我可以天天都在酒馆里帮忙。”

3

爷爷奶奶恨不得早日把我这个瘟神送出去，一听张老伯说想让我去他店里帮忙，满口答应。他们又说，反正张老伯没有孩子，干脆让他收我当干儿子。我就如一盆洗脚水，被爷爷奶奶毫不留情地泼了出去。

我成了酒馆里一个打杂的。逃离了牢笼一样的家，我轻松无比。但新鲜劲儿一过，我很快就厌倦了起早贪黑的日子，怀念呼风唤雨的过去。只是张老伯看得紧，我没有机会跟伙伴们见面。

忽然有一日，张老伯跟我说，他跟学校打了招呼，我可以重返学校。我惊喜不已，这下可有机会跟伙伴们出去疯了，但是，这样做，显然对不起张老伯的一片苦心，这真是一件让人沮丧的事。他看我的脸由喜转忧，大概以为我有什么担忧，安慰我说："这一个月来，你在酒馆忙前忙后也没出去惹事，说明你有一颗向上的心，学校是教育人的地方，我相信你会变成一个好孩子。不要担心，尽管去上学，老师和同学不会难为你的。"

重返校园那天，张老伯特意为我买了一身新衣服，还送我到学校，他说："从现在开始，你要好好学习，不能再跟社会上的人来往，明白吗？放学后就赶紧回酒馆。"

放学时，小混混们在校门口等我，见我出来，一拥而上。看到他们，我那久违的风光无限的感觉又回来了。我得意地想，我可真是风云人物啊，怎么我上学的消息他们都知道了，难道像风一样刮到他们耳朵里了？

他们说，另一个街头的几个混混嚣张得很，扬言要摆平他们。他们说，如果我不帮他们出头，兄弟们都得倒霉。我早已摩拳擦掌，跃跃欲试，把放学回酒馆的事忘得一干二净，一心想着和他们一道去会会对手。我们在街头等了半个小时，也不见对手出现。只得悻悻地回酒馆。张老伯不在。听伙计说他进了医院。

我赶往医院，隔着玻璃看到张老伯昏迷着。警察告诉我，他为了阻止两伙混混火拼，跟其中一伙混混讲道理，哪料到他们跟他动起手来，他的右肋被刺了一刀。那帮混混已经到派出所自首。

我用手捶打着楼道里的那面雪白的墙，恨那帮混混，恨不得把他们痛打一顿。

4

张老伯昏迷了一天才醒来。他看到我时，小声问："你怎么不去上学啊？"

我跟他说，我是放学后才来的。他笑了，满脸的褶子，接着"哎哟"了一声，脸上的褶子抽搐成一片。我知道，他的伤口疼。

也就是从张老伯受伤那天起，我一边照顾张老伯，一边思考我的未来。我要过怎样的生活？张老伯为了我几乎没了命，我要是不好好做人，实在就是连畜牲都不如了。虽然在此之前我没有想过我还能做人，更没想过要做一个好人。但我现在必须面对眼前的一切，我不能辜负了张老伯。

张老伯受伤的事，传遍了小镇，自首的小混混却没有坐牢，是张老伯没追究他们的刑事责任。几天后，两伙要火拼的混混都出现在了不同的校园里。我们在街上狭路相逢时，只是冷冷地看着对方，我们的拳头都紧紧地攥着，却没有再不顾一切。

我把对那伙小混混的恨转移到学习中，我逼迫自己不要惹事，我逼迫自己在课堂上安静，我逼迫自己背课文，我逼迫自己对老师微笑。虽然这一切对我来说是那么糟糕，那么难以做到。但我毕竟没有再被学校开除。半年后我各科成绩的总分由135分提高到303分。

我得到了全校的进步奖。班主任脸上笑开了花，他说："有进步就有希望，有希望就有进步，你上升的空间会更大。"校长把我当典型，说大家都要向我学习，在哪里摔倒就在哪里爬起来。张老伯也被请到了主席台上，他说："十六岁时，我因为打架斗殴，被判了十年。重新踏入社会后，我发现自己什么都不懂，什么都要重新学，家里人不管我，亲戚朋友躲着我，要想被人认可太难了。我受不了苦，又打架斗殴，又被关了八年。三十四岁，从监狱里出来时，我想明白了，我要是再打架，再被别人看不起，还不如死了的好。但我还是没有找到工作，直到有一天，我流落到了咱们的小镇上，饿得实在不行了，求一家酒馆的老板能不能雇我打工。那个老板了解了我的情况后，答应了。他说，'作为一个有前科的人，在饿得受不了的时候，不去偷不去抢，还能够不隐瞒自己的过去，说明还有救，说明很诚实。我相信我的判断，重新做人吧。'后来，我再也没干坏事。我希望同学们不要像我那样做让自己后悔的事。”

张老伯的声音并不洪亮，却令整个操场鸦雀无声，我的眼泪也在不觉间淌下。“呀呀呀”……天上飞过一群雁，忽儿排成人字，忽而排成一字。张老伯语重心长地说：“其实，我就是一只候鸟，在迁徙的路上掉了队、落了单，以为这辈子不会再有什么希望了，就在山穷水尽之时，有好心人伸出了手，给了我力量。后来，我拼命去追，希望能追回落单的那段时光。为了感谢好心人，我尽我所能帮助有需要的人。我能做的也只有这些。”

操场上，掌声如雷。有人在背后扯了扯我的衣角，我低头一看，是姜小宝，在他的身后，是视我为眼中钉的爷爷奶奶，但是他们怎么也哭了呢？

姜小宝说：“爷爷奶奶喊你和你干爹回家吃饭。”我压抑着内心的欣喜，假装镇定地说：“没见干爹还没讲完吗？再等一会儿，咱们一块儿回家。”

反骨仔也有春天

1

自他出生那刻起，整个家就沸腾了，不是因为他是个男仔，从此家里香火有了延续而沸腾，而是他的后脑勺下侧也就是枕骨的位置长了一块突起的骨头。他爷爷是走街串巷的江湖医生，听说这块多出来的骨头叫反骨，但凡这样的人，都很叛逆，是不忠不义之人，是祸害。

在那个闭塞的小镇，他爷爷走南闯北算是见过世面的人，不但在他家就是在整个镇上也是有发言权的人物，因为他的出生和那块反骨，他家成了镇上的焦点。上了年纪的人出主意，只要他能在月子里安安稳稳地平躺着，只要别让他的后脑勺动来动去，那块反骨就能躺回去。

然而，他究竟不是个消停的人，月子里那小脑袋蹭来蹭去，就是不愿意安安稳稳地平躺着，闹得好几个大人都看不住他，只要一平躺，他就哭天抢地，把刚喝下去的奶都吐出来，呛得小脸都通红。

几次三番，大人们最终还是缴械投降，他爱怎么样就怎么样吧。只是，因为反骨，大人们对他已有成见，他那个本就患有腿疾的妈妈更是因他的降生得不到应有的尊重，爷爷奶奶不待见她，七大姑八大姨也躲得远远的。他妈并不因他的反骨而对他另眼相看，他妈说再怎么着，他也是她身上掉下来的一块肉。

他小名叫良良，他妈希望他做个好人，对他寄予美好的期望，可周围的大人小孩见他都躲，叫他反骨仔。时间长了，没人叫他良良，时间长了，他习惯了大家的态度，在心里也认下了反骨仔这个名字。别人不怀好意地叫他，他会呛回去："我就是一个反骨仔。反骨就反骨吧，你能拿我怎么样！"他主动疏远了人群。

2

学校就在离家不远的街上，爸爸为了养家天天加班，妈妈走路费劲，没有能力接送他，他每天上学放学独来独往。反骨仔没有朋友，他也不需要朋友。

反骨仔在班里学习中等，遇到不懂的能自己琢磨就自己琢磨，琢磨不明白的也不问。他才不愿意说话呢。他爸老训斥道："踹你一脚也崩不出个屁来。"确实，他和他爸一年当中说的话加起来不超过一百句。他不是不愿意说话，而是他不屑于和不待见他的人说话。他和他妈倒是经常说话，也经常帮他妈干活。他妈虽然患有腿疾，但很乐观，每天坐在院子里织毛衣。他妈心灵手巧，总能织不同花样的毛衣，十里八村的人都知道他妈是编织的好手，上门请他妈织毛衣的得排到几个月后。谁都不好意思让他妈白织，来取毛衣时，总要送点米面或者鸡蛋什么的作为答谢。这个时候，没有人去想她是反骨仔的妈妈，来的人见到他时也都很客气。

反骨仔很少当着外人的面说话，他常常一个人对着小草小花说话，他觉得小草小花没有看不起他。他觉得小草小花是善良的，他觉得小猫小狗也是善良的，他把自己省下来的饭送给流浪的小猫小狗吃，他看到那只曾经不知为何跛了腿的流浪狗就想哭。

很多同学都欺负他，有的时候三四个人围着他，说他是反骨仔，说他将来是一个坏人，说谁跟他在一起准没好事，说他是扫把星。有时，那几个人还会揍他。起初，他不还手，但他挨了几次揍，决定还击。他能迅速地从地上扬起一把沙子迷住他们的眼睛，还能顺手拾起扫把敲他们的屁股。还有一次，那几个人刚要上来揍他，那一只跛了腿的流浪狗冲了上来大吼两声，把他们吓跑了。

几个回合下来，那些人不敢再惹他，对他敬而远之，他也不上赶子找他们。大路朝天，各走一边，谁也碍不着谁。

这样的日子持续到小学三年级。9 月 1 日开学，老师们在教室门口迎接学生。他看到了一个从没有见过的年轻女老师。班主任介绍说她是新来的语文老师。老师很年轻，大概只有二十多岁，有着大大的眼睛，像电视里大一号的洋娃娃。她说：“同学们，大家好，以后你们就叫我代老师。”她的声音，像天上落下来的白云一样温柔。

头一天上课，代老师就让他起来回答问题。他蒙了，完全不知所措。要知道他是一整年几乎不会被老师点名回答问题的主儿。

代老师皱了皱眉头，让他坐下了。

他屁股落到板凳上，用手猛掐自己大腿。代老师提的问题，他是能答上来的，可当时却蒙了，真是太丢人了。

下课后，几个同学围着代老师，告诉她，他叫反骨仔。

他拎了书包，狠狠地推了一把桌子，把两张桌子撞得当当响。代老师朝他看一眼，并不言语，继续和同学们说话。

3

他开始不交作业。

他为什么要交作业？那几个同学不是已经告诉代老师他叫反骨仔了吗？既然他是反骨仔，既然大家都说他不好，他为什么要交作业？

他等着，等着代老师劈头盖脸的一顿骂，等着和那几个打报告的同学干一架，他要成为真的反骨仔。

可是，他又有点难过，他很想在代老师心目中留下好的印象，可是那几个同学破坏了这一切。想到这些，他控制不住地窝在枕头里哭了起来。

他等待中的事没有发生，代老师并没有说作业的事，但他一直胆战心惊。

三天后，下午最后一节课是大扫除，代老师负责带着几个同学一块儿擦窗户。他们每人分到一扇窗，他也分到了一扇。大夏天的，他“吭哧吭哧”地擦啊擦，代老师来检查时，却总是说他擦得不够干净。他跑到其他同学负责的窗户跟前看，别人擦的还没他擦得干净呢，代老师竟然让他们过关了，他们竟然还放下手里的抹布跟代老师说起话来。他不敢瞪代老师，只好恨恨地瞪了窗户一眼，又继续擦玻璃。

放学铃声响起，那些跟代老师说话的同学都收拾了书包，往家里跑。等教室里没有其他人时，代老师坐在讲台前批作业，却不去检查他的窗户是否擦干净了。

眼看着太阳要落山，他担心起妈妈。往日，他每天放学回家的第一件事是做饭，他妈腿脚不利落，好多家务都是他干，他要是回去晚了，妈妈要是等得心急做了饭，要是没点好火，要是油洒了，要是起火了……

他瞟了一眼代老师，终于鼓足勇气要说话，代老师却突然站起来，对着他说："良良，你知道为什么我说你的窗户擦得不干净吗？"

他答："不知道。"

代老师说："因为我对你的要求高，我觉得你跟其他同学不一样，不是因为你有一个反骨仔的名字，而是我知道，你是一个善良的孩子，一个善良的孩子即使有一个反骨仔的名字，他也是一个善良的孩子，别人无论叫他什么，他都是一个善良的孩子，一个善良的孩子即使现在得不到尊重，将来也会得到尊重。”

这是第一次有人跟他说这样的话。他几乎要哭出来，他从小到大受的委屈，都被代老师的一席话戳开了口子。

代老师又说：“说你的窗户擦得不干净，还有一个原因。”

他忍着眼角的泪，抬起头，认真地看着代老师，说：“我知道，因为我连续三天没交作业，您要找我谈话。”

她问：“为什么不交作业？”

他又低下头，不语。

她说：“你的作业是为你自己写的，是为你的妈妈写的，不是为叫你反骨仔的人写的！”

他咬着嘴唇，不知道说什么好。

代老师又郑重地说：“我希望，明天能看到你的作业本，工工整整地写着王有良的名字的作业本。”

他轻应一声“嗯”。

4

他火急火燎地跑回家时，家里的抽油烟机正“呼呼”地响着，他心想糟了，妈妈还是做了饭。

他赶紧打开家门，直冲冲地往厨房跑，他的脚还没迈进厨房，抱怨的话已经先说出来，“妈，你站不起来，够不着灶台，要是起火可怎么办？”

“没事没事。”

只见妈妈安然地坐在灶台边的椅子上，锅里炖着肉。她手里正一针一针地织着，不知又给谁织毛衣。

他放心地回屋里放下书包，从抽屉里拿出一本新的作业本，准备在上面写下自己的名字，他担心写得不够好，先在草稿纸上练啊练，练了一大页纸，写的都是“王有良”。

他妈喊他吃饭，他答应着，这才坐直了，郑重其事地在作业本上写下“王有良”三个字。十几年来，他从未如此认真地写下自己的名字。他望着阳刚大气的名字，仿佛重新活了一回。

吃饭时，妈妈说："今天下午，代老师来过了，她说看了你之前写的作文，写得很好。"

他突然联想到，妈妈做的菜是代老师帮着洗的，妈妈做饭的椅子是代老师帮着搬的，代老师是故意把他留下来和他谈话的……

饭桌上，一向对他冷漠的爸爸脸色也好看了许多，甚至说出了"我儿子写的作文那一定没问题"这样的话。

他默默地吃完晚饭，收拾了碗筷。回到房间，想到妈妈刚才说的，"今天下午，代老师来过了，她说看了你之前写的作文，写得很好。"虽然妈妈轻描淡写，却让他又欢喜了好一会儿。

待欢喜劲过去，他开始一页一页翻各门功课的课本，写完作业时，已经快十二点了。

第二天早上，他的作业交上去了，代老师冲他微微一笑，他也回了一个微笑，好像他们之间因为有了前一天的谈话而心照不宣，他为此莫名地欢喜。

接下来的日子，再有人喊他反骨仔，他已没有了敌意。

他上课愿意举手了。他不想让她失望。

5

他的人生似乎要掀开崭新的一页。

代老师却要调走了。

对他来讲，这不啻于晴天霹雳。

他在教室里不想说话，回家后更寡言少语。他原本以为她会陪着他度过小学，没想到她就要离开了，他才刚刚爱上学习，他才刚刚意识到要为自己学习！若是早知道她那么快就要离开，他一定不会对她怀有敌意地过了三天，他一定不会浪费宝贵的三天时光，他一定会早早地交作业……

饭间，他的妈妈也不言语，时不时地叹气，叹着叹着气，忽然落下泪来："我给她织的毛衣还没织完呢。"

他爸也放下筷子："要不是她，我还不知道把儿子想得多么差劲呢。"

他忽地抬起头，问："她说什么了？"

他爸的脸倏地涨红了，吞吞吐吐地说："她说凭头上的反骨……就判断一个人的好坏是不科学的，这是迷信。”

他爸喝了口水，继续说道：“她说，如果论迷信，还有人传说脑后有反骨，将来能登科呢，李自成、李世民这样的大人物就生有反骨，在古代传说中脑后生反骨的人都是龙命，以后要当皇帝呢。她还说，据现代脑科学研究证明，突出部位的大脑神经是主管人的逻辑思辨能力和创新意识的部分，一个反骨发达的人的逻辑思辨能力非常强，也就是说这个人聪明，有主见，有想法，好强，不甘心落人之后。”

他爸说这些时，屋里异常安静。

他默默地听着，仿佛他爸说的是另一个人的故事，他做梦都没想到，有一天，他的爸爸能够心平气和地与他面对面坐着，聊着一家人谁都不愿意主动提起的反骨的话题。

他爸咳了咳，尴尬地说：“儿子，你出生时，你爷爷道听途说，说有反骨的人不吉利，我们也就信以为真，其实你将来怎么样，哪是一块反骨就能决定的。所以，儿子，我们以前真是对不起你。”

他笑了笑，没有说话。回到屋里，终于忍不住，大哭一场。

那以后，他又成了代老师在学校时的那个他，有人喊他反骨仔，他欣然接受，他的大度使他交到了很多朋友，他上课积极发言，学习有了进步，同桌有不会的题，他很热情地讲解，班里有事情，他总是不辞辛苦地跑前跑后……

不知道从哪天起，他发现没有人再喊他反骨仔了，他希望多年以后，他长大了，能有一个崭新的、体面的、不让她失望的身份和她相遇，当面告诉她，是她给他的人生带来了巨大的改变，是她让他的人生美好明亮起来，是她让他的人生从此有了春天。

第二辑

不完美的小孩

逆袭吧，少年

1

原树的父母在济南，工作忙得很，他只好在淄博跟着爷爷奶奶长大，并在小镇上完小学。

十二岁时，他操着浓重的淄博地区的口音来到了山东的省会济南。他的口音与济南带“么”的口音截然不同，本地人一听就知道他是外来户。

因为这外地口音，开学第一天他就被同学嘲笑：“原树你怎么叫圆树呢，你为什么不叫方树呀。”“我们都没见过圆的树，方的树也没见过，我们见过高高的树!”　“原树你是外地人，跑我们这儿上学干吗?”

原树狠狠地瞪了他们几眼，懒得再理他们，随便找了个靠后的位子坐下。一声不吭地玩他的手机，一声不吭地等老师来。

老师喜欢听话的学生，原树却偏不是听话的学生。他懒得出奇。他不光懒得理同学，他还懒得理老师，他不写作业，不听课。老师说实在是没见过这么懒的学生，也不知道他脑子里都想些什么。像他这样的学生，老师自然“另眼相看”。

教室的座位不属于某一个同学，每半个月轮一圈。每次轮座位后的那几天，就是同学们在课桌上写写画画的高峰期。一年又一年，上面不知道留下了多少学生画过的痕迹。偏偏那天原树和同桌写写画画时被老师逮到了。明明逮到了两个同学，放学后偏偏只有他被老师留下狠狠批评了一顿，另一个同学早已收拾书包走了。

原树心里愤愤，却也懒得跟老师理论。没过几天，很神奇的，班里的班费不见了。同学们竟一致说是他偷的。

“知不道（不知道）谁偷的，别屈哄（冤枉）俺。”然而，流言可畏。他一口地道的淄博腔没几个人听得懂，他的解释被淹没在一片呜呜啦啦的指责声中。

以后，原树更懒得张口说自己那与“么”口音格格不入的淄博腔，遇到老师迎面走来，他都故意弯腰系鞋带或者拐弯走了别的路。

原树找各种理由不去上学，今天装头痛明天装感冒后天腿疼动不了。期中考试，他考了全班倒数第一。

“他可真是个渣子，给我们班拖了后腿。”大概每个班的班主任都希望学生的成绩拿得出手，平均分能在年级排名里数一数二，而他恰恰就是那个拉低了班级平均分的人。

这样下去，他被老师边缘化了，他被同学孤立了。他没有朋友。父母眼见着他日益无精打采，无奈托人调班。

新班就在原班的隔壁，像原树这样的名人，老师不用打听就已知道他的过去。他也乐得没人管，一个人沉浸在自己的世界里玩玩游戏，画画画儿。

2

原树仍旧是每次考试的倒数第一名。

他已经习惯在学校排名墙的最后一行看到自己的名字了。老师恨铁不成钢的话他都当成耳旁风，同学们的冷嘲热讽他也照单全收。他似乎已练就刀枪不入之身，随你们说什么，我自云淡风轻。

直到初二开学的时候，新来了一个体育老师姓原名鹤，据说是特级教师。同学们不知道特级是什么意思，隐约觉得他很厉害。但同学们更感兴趣的还是他的姓，他姓原，原树的原，他们猜测他俩之间有着千丝万缕的联系。

一见面，同学们哄堂大笑。原老师十分瘦小，个子比原树高不了多少，简直不像体育老师的样子。学生们当着他的面取笑他。

原老师并不理会，只是轻描淡写："下节体育课我们组织远足，从咱们学校走到千佛山，估计有6千米的路程吧。"

"啊，这么远。"

“参加这次活动并且走下全程的同学，本学期体育课可以免考。”

“哇，免考啊。”

“我还没说完呢，参加了但是只走完半程的同学体育课记及格，不参加的同学记不及格，这段路程中不能吃东西不能喝水。”

这帮养尊处优的孩子当下就“哎哟”起来，“这么远？”“还不让喝水”“法西斯啊”……

同学们热闹地讨论着去或者不去，最后却都没了下文。他们上学要么父母接送要么坐公交车，这次远足要6千米，完全步行，这对他们来说太困难了。

最后坚持走完全程的，只有三个学生，其中就有原树。三个学生当中的程跃是娇生惯养的孩子，吃不了苦、懒惰、衣来伸手饭来张口的毛病都能在他身上找到。他原本是想向原树挑战，没想到原树接了招，他面子上过不去，只好陪他一起走。另一个是体育特长生乔繁。其他同学尽管不情愿，但为了体育能及格，也都勉强跟着参加了。

9 月，虽然已经是秋高气爽的天气，坐着不动当然不觉得热，但要是在阳光下快走，还是很让人吃不消的。

一路上程跃不断小声嘀咕，“远什么足，这么老远，简直要逼死人。”走了 2 千米，他耐不住了，走几步就问：“老师，还有多远到呀?”“老师，可以喝水吗?”

原老师隐约感觉到程跃的内心开始动摇，鼓励他：“很快就到了。”“再走走，过了这个大厦，再走一段，不远了。”

乔繁也很累，他虽是体育特长生，但走这么远的距离，还是头一遭。原树更是满头大汗，他之前体育课都懒得参加，体质还没其他同学好。快走不动时，他停了下来，但想想已经走了一半的路程，又不甘心地咬咬牙迈开腿。

一大拨同学说走不动了。原老师也看出他们的身体实力，请一路护送的校车在半路接上他们，把他们拉回学校。剩下的三个人坚持着。

离终点没多远时，程跃坐在地上不走了。

那天下午，原老师把程跃背回了教室，原树瘸着腿跟在后面，最晚进来的是乔繁。

同学们看到这一幕都呆住了。

“这次坚持下来的只有三个同学，原树是当之无愧的第一名，他受伤了还坚持到最后。乔繁也很有毅力，上午参加了区里的体育比赛下午又参加了远足，他太累了，所以慢了一点。程跃是肚子疼，实在坚持不住了我才背着他的。我们为他们三个人鼓掌。”

掌声响起，尽管稀稀拉拉。

3

原老师让原树到办公室。对话开门见山，他问：“你的腿怎么了？”

“摔了一跤，蹭破了皮，没事。”

“是什么支撑你坚持了下来？”

“没什么，想走就走吧。”可原树心底里清楚，他这次这么拼命是为了证明自己，其他同学越是做不到的，我越是要做好。也许他一直在等一个机会，等一个证明他能行的机会，远足就是这个机会，是自己跟自己较真儿的机会。

原老师笑了："你姓原，我也姓原，说明咱俩有缘，说不定咱俩是失散多年的亲戚呢，要是有同学说你和我是亲戚，你不妨就认了，看还有没有同学欺负你。"

"真的吗？"

"当然是真的，你这次远足表现多棒啊，全班就三个人坚持下来了，连体育特长生都没走过你，说明你有毅力，太了不起了。我很愿意认你这个亲戚。美国实业家洛克菲勒说过一句话，'世界上没有一样东西可取代毅力。'才干也不可以，怀才不遇者比比皆是，一事无成的天才很普遍；教育也不可以，世界上充满了学而无用的人。只有毅力和决心无往不利。"

原树"哦"了一声，接着问："您真的认为我很棒吗？我的毅力能帮我什么呢？"

"你当然很棒了，你自己都没意识到自己很厉害。你可能不知道，意志强的同学不仅能在体育上表现出来，也能迁移到其他各个方面去，学习上也一样，你可以把用在体育上的劲儿用在学习上，把精力从玩游戏和画画儿中拉回来，多在学习上下功夫，先树立近期考试目标，再树立远期的目标。即使没有人相信你，你也要相信你自己。”

“可是为什么老师都看我不顺眼？”

“也许老师并没有看你不顺眼，是你自己看你不顺眼，认为自己不好，才会觉得周围的人也是这么看你的。法国著名作家莫泊桑说过，‘生活不可能像你想象的那么好，但也不会像你想象的那么糟。我觉得人的脆弱和坚强都超乎自己的想象。有时，我可能脆弱得听一句话就泪流满面；有时，也发现自己咬着牙走了很长的路。’你是一个很要强的孩子，只要走对了路，你会很出色。你要不要练体育？我看你是个好苗子。”

原树说：“我不喜欢体育。”

“你会喜欢上体育的，体育能给你带来自信和快乐。”

好像真是这样的，远足之后，原树觉得自己强大了许多，同学们对他的态度也似乎大有转变。

原树爱上了体育课。他喜欢老师在七米跳台上喊："跳下去，给自己勇气！"他喜欢听自己身体撞击水花时发出的"啪"的声音，他喜欢每天下午课外活动时间在操场上跑步挥汗如雨的感觉，他能听到原老师在不远处对着他喊："加油，再来一圈。"或者是批评其他偷懒的学生："看人家原树，都超了你们一圈了，还不快点。"他也能感受到同学们眼中流露的赞叹："他跑得多快啊，像风一样，他都跑了十圈了。"

每当这时，他心里都泛起小小的自豪感。

就像原老师说的那样，因为练体育，原树的自信心大增，体育果然给了他自信和快乐，他发现自己原来是那么渴望被人正面关注，那么渴望成为正面的焦点。跑步成了他最乐意干的事，很多时候他的运动鞋和袜子都被汗粘在一起，脸上的汗水流下来刺激得眼睛生疼，但他始终没有半途而废，因为跑步是他唯一的骄傲，是用自己的毅力赢得的骄傲。

其实不只是原树，班里的其他同学在原老师的

"威逼利诱"下都爱上了体育，当然也包括程跃在内。班级的体育成绩简直像芝麻开花节节高。他们在体育方面的进步带动了学习上的进步。期末考试，他们班的学习成绩竟然闯进了前三甲。原树这个倒数第一的学渣更是华丽地逆袭为正数第五。

初中毕业，虽然他没有成为学霸，但他考上了理想的高中，有了一些志同道合的同学，也许未来还会遇到一些打击，但他内心已经日渐强大，他相信自己应付得来。

彩虹的第八种颜色叫透明

1　赤色

你和姐姐一样年纪，都大我 4 岁，而我从小就只是你们的跟屁虫。你们玩“跑得快”的游戏，一会儿我就看不到你们了，我假装快跑，然后摔倒，我知道你们不会丢下我的。

你俩从胡同里跑向我，同伴们从各个角落里钻出来，大声叫着：“哈哈，你们两个输了。”我却甩开你们拉我的手跑回家，把膝盖上抹了红药水，哭着告诉妈妈你们两个联合起来欺负我。

回到家，姐姐自然是免不了一顿训，睡梦中我听到打骂声，我知道，你被你妈妈打了。

第二天早上我去幼儿园的时候，在家门口遇到了你，你从离我两米的地方丢了一颗棒棒糖给我，我没接住，掉到了地上。你冲我做鬼脸：“就知道告状，下次再也不带你玩了。”你飞跑着去上学，我捡起地上的棒棒糖，棒棒糖又没招惹我，我干吗不吃？我斜眼看你跑远的身影，把糖往嘴里送——竟然是软的！糖已经被你换成了卫生纸！

胡同口，你露出半边脸，拍着手掌跳起来笑。

那时，我 5 岁，你 9 岁，你是住在我隔壁的哥哥。

2　橙色

你和姐姐每天骑着单车一起上学放学。我羡慕，但是爸妈工作忙，没时间教我骑单车。

你说：“我教你吧。”你扶着车把，姐姐扶着后座，我踩在脚蹬上，你说：“使劲儿蹬，真是笨蛋，那么多饭，都吃哪去了！”

我蹬得还是很吃力，你轻轻扭了一下车把，姐姐在后面大叫：“倒了倒了。”我吓得一身汗，尖叫着闭上眼睛。

车子当然没有倒下来，我才知道是你们故意的，你们故意让我出洋相。我赌气不理你们，但是我听到你们在说话，姐姐说："花仙子的贴画你从哪里买的？真漂亮。"

我绷不住了，花仙子的贴画是我最喜欢的，我"噌"的一下就跳到你们面前，一把抢过贴画。你大声说："笨蛋，本来就是送你的，抢什么抢。"

其实，我早就学会骑单车了，但我假装不会骑，假装自己很笨，为的是能让你载我上学，我很想听你们在聊些什么。

你一定不相信，小学二年级，我就已经学会跟你和姐姐要小心眼了。

3　黄色

我学习成绩不好，每次开家长会，爸妈都是最后离开学校的。爸妈从来不怪我，他们笃信"儿孙自有儿孙福"这句古话，况且我除了成绩不太好，智力方面并无大碍。

你说："我给你补习功课吧，我跟你姐打赌了，你要是考不了 100 分，我就得天天帮她做值日。”姐姐站在旁边笑，我就见不得姐姐笑，我不能让她的阴谋得逞。

我知道，给我补课是假，想找机会跟我姐姐多见面才是真的。可是我愿意和你们共同维系这个谎言，因为每次来你都会给我买好吃的，有时是一支雪糕，有时是一颗棒棒糖。

看到你因我对数学怎么都不开窍而急得满头大汗时，我也不好意思，我不能让你真的天天帮姐姐做值日，虽然这只是一个谎言而已。

后来，我的数学顺利过关，小学毕业时还考了满分。我拿着试卷找你，你告诉我你和姐姐要到小镇上高中了。

我盼望长大，能和你们一起在小镇上读书，可是你们走得比我快，我到达了一个地方，你们却已经要到别的地方了。

4　绿色

上了高中，就得住校，你和姐姐每月才能回家一次。每次回家，姐姐总要给我带点小礼物，都是从小镇买来的笔记本或者圆珠笔什么的。

我和姐姐的相互仇视在这些零零碎碎的小礼物里慢慢融化，当然我也知道，其实大多数都是我一个人的仇视，姐姐从来不跟我计较。

偶尔，你也送我礼物。那天你在我家门口叫住我，把一盒谢霆锋的磁带递给我。你说："听你姐说你喜欢，就买了送你。"

我说了声"谢谢"，便跑回了家。而我那颗懵懂的心，直到晚上睡觉还"怦怦怦"跳得厉害。

上高中后，你不经常到我家里来了，因为大人们说，你和姐姐都是大孩子了，要以学习为重。

周末我躲在你们返校的路上等着，尽管不是同一个时刻从家里出发，但你们还是在路上相遇了，两辆单车互相追逐着，你们仍像小时候一样打闹，根本没有长大的样子。

看着你们的身影消失在路的尽头，我想，你们两个真的很般配，如果能一直这样下去，也很好。

5　青色

我还是留起了头发，因为妈妈说，女孩子就应该有女孩子的样儿，看看你姐姐。

那时，你和姐姐已经在外地上同一所大学了，只有寒暑假才回来。我没去过外地，不知道那里是什么样子，但暑假的时候，我看到了姐姐，她穿棉布裙，穿棉布鞋，一根辫子松松地搭在肩上。她像杂志里的女子，让我惊叹。

我穿起了姐姐穿过的百褶裙，走起路来尽量稳一点，告诉自己不要像个男孩一样左摇右晃，尽量不发出声音，姐姐说："还是换回牛仔裤吧，那更适合你。"

姐姐刚说完，你就进来了，自从上了大学，大人已经不反对你来我家了。你看到我穿裙子的模样，笑了起来："五年后，你穿裙子一定很好看，不过现在，还是穿牛仔裤好。"

你和姐姐真的那么心有灵犀吗？在你的眼里，是不是只有姐姐一个人是公主呢？

我脱下了百褶裙，换上我的牛仔裤，镜子里的我，确实才是真实的我。

6 蓝色

我喜欢你！当我在日记本上写下这四个字的时候，我的手哆嗦了一下，我怎么能喜欢你呢?！你是姐姐的，从小到大，一直都是。

我17岁生日那天，姐姐挽着你的手臂从外地回来了。你穿着白衬衣牛仔裤，英俊挺拔，而姐姐也毫不逊色，虽然仍穿着棉质的衣服，但那种幸福的姿态却是满满实实。你们真的是天生一对。

那天，姐姐拉我到我们都曾经待过的校园，我们边走边回忆往昔，直到日落西山。姐姐拉着我的手，打开了家门。我看到院子里的葡萄架上无数支蜡烛闪着光，爸爸妈妈站在架下，慈祥地笑着，他们面前摆着一个三层大蛋糕。

“哦。”不知道何时，从四处跳出很多人，有我的同学，有你的爸爸妈妈。

妈妈说：“还不谢谢哥哥，哥哥好不容易才把蜡烛插满了葡萄架。”我羞红了脸，把一块大奶油抹在了你的脸上，葡萄架下闹成了一片。

就是那天，我才知道，大人已经同意，你们大学毕业就可以结婚了。我笑着，流出了眼泪，为我的生日，为你们的幸福。

7　紫色

我用心地学习，只是为了要证明，我不比姐姐差。我和你们一样，考进了同一所大学，这是多么令人高兴的事情啊！只是多么不巧，我忙着收拾行李的时候，你们已经大学毕业了。我总是追不上你们的脚步，我就是脱了鞋追，也追不上。

我接到你的电话，你们要去荷兰，你说那里有旋转的大风车和满眼的郁金香，你说你要将大把的郁金香送给姐姐。我知道，郁金香的花语是“最爱”。姐姐抢过电话：“我一直不知道他的梦想是去荷兰啊。”

我大声叫着，对姐姐说：“你这家伙，哪辈子修来的福气。”

电话那头，传来姐姐“咯咯”的笑声。

挂了电话，我泪流满面。13 岁那年，我在看电视上的旅游节目，大片大片郁金香开满荷兰的每条街道、每个院落、每只眼睛所能及的地方，我自言自语起来：“谁能带我去荷兰，那么多郁金香。”

“我带你去啊，又不是不可能。”门“吱呀”一声响了，是你站在门口，语气坚定。

再过一个礼拜，你就要和姐姐飞去荷兰了。我不知道你是不是曾经想要喜欢我，不是那种对妹妹的喜欢，而是恋人的喜欢。或者，是因为大人们想当然地认为你和姐姐年龄相仿，你们青梅竹马就应该是一对，还是你顺应大人意愿认为就应该和姐姐在一起？这些似乎都不重要了，姐姐高兴就好。

8 透明

我去机场送行。当我看着你和姐姐手挽手出现的时候，我不再有年少时那种揪心的痛。

最后，我拥抱了姐姐，拥抱了你。这是我第一次拥抱你，也算实现了我儿时的一个梦，拥抱着你，我的心是明朗的，我把双臂轻轻地放开，微笑着说：“一路平安。”

赤橙黄绿青蓝紫，这是彩虹的颜色，可是我知道，除了这七种颜色，环在彩虹最外边的，还有第八种颜色，叫作透明，因为太透明，所以融进了云朵里，很少有人能够捕捉到。

我知道，当我的心是透明的时候，那个属于我的秘密已经过去了，也许这个秘密也曾经属于你，但都不能重新来过。姐姐能实现我去荷兰的梦想，真的很好。而我也有了男朋友。

看着身边陪我一起为你们送行的男朋友，我心里不觉得遗憾。有些美好，就叫它距离吧，因了距离，那份透明才能浮现出来，那份美好也才更加值得回味。

我们都是幸运的孩子

1

我叫巫小瓷。同学们都叫我小巫。我想，对于这个城市来说，我是一个异类。我的爸爸是外来务工人员，无端地，我就比别人矮了半截。

学期末，开入学以来的第一个家长会，爸爸穿着洗得发白的牛仔外套，和一条沾满白灰的裤子来到教室里，全班同学哄堂大笑，“大巫来看小巫啦。”一个男生的声音，硬生生地刺进我的心里。

那一刻，我的眼睛把爸爸盯得牢牢的。是的，是这个男人，他丢了我的脸。

回家的路上，我和爸爸一前一后地走着，我一声不吭，爸爸亦不说话。原本昏暗的路灯显得愈加昏暗，压抑得让人喘不过气来。到了家里，我黑着脸，一语不发。

爸爸做了我喜欢吃的鸡蛋面。爸爸说："丫头，我知道你恨我这个当爸的没本事，但我从小在山沟长大，家里没钱，连饭都吃不饱，我怎么能像别人一样去上学？怎么能有文化有出息？所以，丫头，你别埋怨我。"

我嚼着爸爸做的手擀面，那面筋道，比得上外面任何一家面馆。那面被我吸溜得稀里哗啦，很快大半碗就不见了，我的眼泪顺着面颊滑到了卧着两个荷包蛋的碗底。

生活就是这么现实，是的，从小我就学会了必须面对现实：我的爸爸和妈妈离婚了。据说是妈妈和一个有钱人走了。随后，爸爸也走了。临走时，爸爸对我说："丫头，等着爸去给你挣钱回来。"

我记得，此后无数个夜晚我躲在被子里哭得枕头都湿了。

爸爸这一走，就是四年。我从一个十岁的野孩子长成了初中生。

我们再度相见时，他愣了好一会儿才叫出我的名字，“小瓷，小瓷，我是爸爸。”那时，我已经是一个羞涩的高个子女生。

当时，我的眼泪也像吃面时那样汹涌而出，我知道那泪水并不是思念，而是难过——为什么在我成长中最重要的四年里，爸爸的形象在我脑中一片空白？

2

对于同学们来说，我是一个借读生。这是不争的现实。

在七中，尽管我穿着和同学们一样的校服，走在校园里，也不会有人打听我来自哪里。但我知道，我和他们不一样。七中的孩子家长非富即贵，我若是没有优异的成绩，七中断不会把借读费打了折扣收留我。即使这样，借读费也已经让爸爸几乎承受不起。穷，是一个不争的事实。

在我看来，我只是暂时栖身在这个城市。这个城市的阳光再明媚，也不是属于我的。

那个在家长会上喊着“大巫来看小巫啦”的男

生，在考试后坐在了我的后面。他长得瘦且高，据说家境很好。但这些跟我没有关系，在他的声音硬生生刺进我心里的那一刻，我就告诉自己，以后不再跟这个叫洛泽的男生说话。

洛泽学习不好，经常挨训，高高的个子杵在楼道里，丢人丢得真是彻底。每次他挨训，我都冷眼看着，我想这是他应得的，一个在公众场合不懂得尊重别人的人，也不配得到别人的尊重。

可是那天放学，他竟然追上了我。他跟我道歉，他说不知道我是借读生，他那天无心的起哄只是想引起大家的侧目，想让老师没有面子。

我隐约记起，在开家长会的前一天，班主任把洛泽叫到教室外面。班主任大声说着："你爸有钱能怎么样，你能靠你爸一辈子吗？这么简单的英语题你才做对了四道，你羞不羞啊。"所以，他才借我在家长会上让班主任难堪。

洛泽低着头，他的影子在太阳下拉得很长，长得有些脆弱。

他说他也是借读生，只不过家里相对富裕一些，才拿了很多钱上了这所重点中学。

我说过，我不会再跟他说话。所以，我转身，消失在了太阳底下。

3

半年很快就过去了，我的成绩稳坐班级前三名。

我其实没有过多注意洛泽，只是无意中听同桌说，洛泽好像变了一个人，不惹事，不跟老师闹别扭了。

再去看成绩排名，他已经排在了15位。他的成绩跟我没关系，只是偶尔与他面对面走来，他都扭身走向别的地方，他在刻意避开我。

我并不去深究原因。我过我的生活。夏天就这样过去了。意外发生了，我的爸爸从建筑工地上摔了下来。

右腿骨折！

这个消息对我来说简直是晴天霹雳！我急急收拾了书包，赶去医院。

很意外地，在医院门口，我看到洛泽站在一辆黑色的轿车旁边。

我顾不得跟他说话，直接冲到二楼。

看到爸爸侧卧在床上，腿上打着绷带，我忍不住掉下眼泪。

有人扯了扯我的袖子。我回头看，是洛泽。

他把我拉到门口，急急问我家里是不是出了事。我说这些不用你管。

洛泽走了。我蹲在病房门口泪流不止。

4

接下来的日子，我每天忙得团团转，做好了饭，往医院送，买药，洗衣服，上学……

那时正值全国中学生科技大赛的关键时刻，我的研究项目已经进行了很长时间，是很有把握拿奖的。但是为了爸爸，我放下了研究。我已经失去了妈妈，我不能再失去爸爸。

我每天在医院、学校、家这三点一线间跑来跑去，正当我累得天昏地暗的时候，爸爸对我说，工地老板会派人来照顾我，让我安心研究项目，参加比赛。爸爸没有骗我，爸爸的衣服有人定时拿去清洗，爸爸的三餐有人定时送来。

我安心去外地参加了科技大赛。因为研究基础比较扎实，我在答辩过程中又讲得有条有理，评委们一致肯定了我的研究项目。

最后的结果是，我得了二等奖。除了奖杯外，还有两万块钱奖金。

我觉得上天对我还是挺公平的，这笔钱够交爸爸的住院费了。我大喜过望，连夜赶了回去，我要把这个好消息告诉爸爸。

清晨七点，我站在病房门口，呆住了。洛泽竟然在。他拿着爸爸的饭盒，去了水房。

爸爸说："别愣着了，这段时间多亏了洛泽还有你的同学们。"

我尴尬地说了声"谢谢"，事实上我是不希望这件事被同学们知道的，我不需要别人的怜悯，怜悯是世界上最伤人的武器。

"互相帮忙才是一个完美的班级啊。"洛泽的这番话惹得我的泪水都冒了出来。

5

爸爸的事故顺利得到了赔偿。

意外的是，赔偿金大大超过我们的预期。这笔赔偿金足够保障爸爸的腿痊愈，足够我高中三年所需的费用。

当洛泽出现在我们租住的平房门口时，我吃了一惊。他怎么会知道我家住在这里？

爸爸热情地招呼着他："进来进来。"

洛泽走后，我听爸爸说，洛泽是工地老板的儿子。

"他跟我道过歉，说不应该当着那么多人的面开玩笑。他是无心的，无心的人无罪。"爸爸语重心长地说。

听了爸爸的话，我忽然有点讨厌自己。以前，大概真的是我太过于计较了。

再见到洛泽，他和我都能笑脸相迎了。洛泽告诉我，其实有很多同学都是务工子女的孩子，他们的心里都有同我一样的感觉，即使是家境不错的也是一样。他的心里也是自卑的，他自卑不是因为钱，而是因为他的借读生身份。而我，却真的是为了钱。但我已经知道，有些自卑是由自己的内心生出来的，别人不会过多在乎你。你想要快乐，便会得到快乐，那么，我没理由不快乐。如果只因自己是建筑工人的女儿就和快乐过不去，实在不划算。

我的心结慢慢打开，能够和同学们轻松自如地相处了。洛泽的成绩也竟然像飞一样排到了第四名。他说，他曾经觉得他爸爸的钱会满足他的一切愿望，但他错了，钱买不到他的快乐和友情。

在一次春游的时候，洛泽告诉我，他爸妈早就离婚了，他没有一个完整的家，他觉得父母对不起他。从小，他就跟爸爸对着干，跟老师对着干，跟同学对着干，他敌视周围的一切。周围的人不爱跟他计较，他的敌视便成了常态。直到我来，直到他那一句“大巫来看小巫啦”脱口而出，直到我与别人截然不同的冰冷态度，才使他知道自己的敌视和无聊伤害了周围那么多人。

洛泽当然也直言，他是看到我的倔强和坚强后才感觉到人生还有那么多的希望和寄托。我笑了，如果我的存在能够带给一个人这样的感受，那还是很有价值的。

高三那年上学期，我转学到户口所在地，迎接即将到来的高考。在最枯燥的日子里，给洛泽写信成了我唯一的安慰。

后来，几次搬迁，洛泽的地址被弄丢了。我再也联系不到他，但一想到他，就觉得心里暖暖的。尽管不愿意承认，但我们的青春的确是在飘摇不安中走过的。好在我们都是幸运的孩子。

我不知道洛泽是不是也这么想。

当大佬遇到王太后

1

学校有一个出了名的大佬，这位大佬的老豆（广东话：老爸）是个大大佬，酒店、客运、物流等行业通通涉及。没错，我就是这个大佬，我从来不穿校服，校园里穿得最酷的那个人一定是我。

新班主任上任，我自然得给她个下马威。小兄弟告诉我，她是省级优秀班主任，是名人，是因为什么优秀师资交流计划才“空降”到我们学校的，据说降服了不少“魔王”。我可不怕这些，我决定先发制人。

班主任走进教室，精致的白色套装，白高跟鞋，时尚的卷发，看起来很不像个老师。同学们惊喜地叫起来："哇哦，好有气质的老师。"

在一片赞誉声中，我抛出一句："切，什么气质啊，弄这么一个狂躁的头发，像个太后。"

我知道，到这个班里来的老师不可能不知道我的"威名"。

未料，在我毫无防备的情况下，这个女人快步走向我，一把揪住我的衣领："你给我再说一遍，谁像太后？"

她的力气太大，而我个子太小，她一揪，我那件 T 恤就从身上跳出来，整个脑袋都被 T 恤盖住了，看不到外面。同学们哈哈大笑起来。真是又滑稽又让我没面子。我想反击，但她这么一揪，已让我深感她功力不浅。好汉不吃眼前亏，我马上改变策略，嬉皮笑脸地说："哥们儿，有话好好说。"

她的脸变得比我还快，马上就笑了："好吧，我就认你这个哥们儿了，这可是你自己说的哈。"说完，她松开手，转身走到讲台前说："我送给每位同学一首小诗。"这份礼物倒是挺特别的，她把每个人的名字都藏进小诗里。走到我身边时，她说："我把这首小诗送我的哥们儿——徐速速。”呵，她管其他同学叫“我的朋友”，唯独称呼我为“我的哥们儿”，她还真是让我受宠若惊啊！

这女人到底什么来头？

2

下课时，她说：“哥们儿，到我办公室坐会儿。”

我在众目睽睽之下跟在她后面走出教室。

她在办公室门口停住脚步，说：“我先进门，你进来时要敲一下门。”

我嘿嘿乐了，这个女人演的是哪出戏啊？“跟你进来不就行了吗，还敲什么门啊？”我说。

她脸色陡变，厉声说：“进老师办公室当然得敲门，这是规矩，就是哥们儿也不能破坏。”

好吧，看在她叫了我一声哥们儿的份上，我勉强同意敲门后再进办公室。

她的办公室可真够花哨的，到处贴着她的写真照片。我站在她对面，打量着她的照片。

她给自己倒了杯水，说：“坐吧。”

我客气了一下："我站着就行。"

她一拍桌子："你站着当然不行，在我办公室，坐着的才是人。"

我实在摸不透她的脾气，只好坐下。她又和颜悦色了："是哥们儿，就得互相给点面子，帮我把班里的人都拿下。"

我嘿嘿笑了，看来她是想跟我拉帮结派呀！

"笑什么笑，哥们儿是用来补台的，不是用来拖后腿的，从今天起你就别给我旷课。"

"我可没想旷课，可是我控制不住自己，就是懒得起床。"

"那么，我也给你点时间，原来每天早上都旷课，现在改为一周旷课两次，行不行？"

看，太后都跟我服软了，我顺势说："好吧好吧，哥们儿就给你个面子。"

"俗话说，亲兄弟还明算账呢，咱也得立个字据吧。"

天啊，她之前的每句话都在引我上钩。我怎能轻易掉进她的陷阱，但是……我还是签了字。

教室里，同学们议论的主题仍然是我。见我回来，兄弟们赶紧问我王太后叫我去干吗了。我只得卖关子："当然是好事。"

3

王太后还真是够哥们儿，她打了招呼之后，其他任课老师现在也很给我面子，不像原来那样，动不动就对我咆哮。当然，我也很少旷课了。作业嘛，心情好的时候，也会写一点的。但我还是控制不了自己的暴脾气。

我跟隔壁学校的学生打架了，因为他仗势欺人，以心情不好为由打他爸公司员工的孩子，这个孩子正好是我的兄弟。

我爸平时不到学校里来，这次却闻风跑来了，跟我大吼："你这个浑小子，打谁不好，偏偏打了他，他爸是我的大客户，你知不知道？你净给老子惹事，赶紧给我滚回家去！"

我赶紧准备往家滚，免得他在学校就暴打我。这时，一个义正词严的声音传来："你骂谁呢！这是在学校，跟我的学生讲话，请你客气点！”

哇哦，这是我第一次看见有老师敢跟我家老爷子顶嘴。老爷子一时语塞，半晌才说：“我教训我儿子，碍你什么事。”

“我再说一遍，这是在学校，他是我的学生。你儿子这次是见义勇为，你却为了生意的得失教训他，你这个做父亲的不应该反思吗？”

简直太有太后范儿了，我爸也被震住了！这一刻，我在心里认了这个哥们儿，在这种时候敢于挺身而出为我说话的人不是哥们儿是什么？在家里，估计我爸把我打残了也没人敢说话。

王太后又说：“徐速速这两个月来进步很大，只旷课6次，作业有49次准时上交，成绩也由最初的46名上升到38名。这样一个学生，会有更大的进步。徐速速本性不坏，这次打架也是事出有因，不能完全怪他，如果你是为了速速好，就要少些责骂，多些关心。钱没有赚完的时候，儿子你却只有一个。”

老爷子彻底没了脾气，他声音低沉地说：“多谢王老师多谢王老师。”

然而，走出校门，老爷子又把语调一扬：“你小子赶紧回家，我还得给你收拾烂摊子去。”

也许是王太后的话真的起了作用，那天我没挨打。

4

王太后是个名人，所以要四处讲课。她跟我强调：“我不在学校的这段时间，要是班里扣了分，唯你是问。”

我拍袖子作下跪状：“嗻，臣绝对不会让太后失望。”

王太后出差的当天，我就在班里立下规矩：卫生一定不能被一班比下去，纪律方面要警惕二班赶上来，早操更不能扣分。

但让人恼火的是，我们的卫生还是被扣了两分，这两分是同学们好不容易争得的，这样一班就比我们领先了。

有人出了个主意：偷偷往一班卫生区丢纸屑。我呸了一声："这种下三滥的做法不是我徐某人做的事。"

为了让我们班的卫生考评分在接下来的几天里再不被扣掉，我每个课间都带着人去巡逻，同学们也都自发地在其他方面谨慎小心。但就算不被扣分也只能当第二名了，想反超一班非用奇招不可。

我让各小组轮流去给年级组办公室打水拖地。一直到王太后回来，我们班各项考评的分数都遥遥领先。

王太后回来了，给我们带回外地的特产若干，我们一边吃一边美滋滋地听她的表扬。最后，她把我请到了办公室："你真行啊，想出为老师打水拖地的办法为班级得到了加分。这期间你没旷课，作业都交齐了，老师们对你的评价也越来越好了。"

"那还不是太后您教导得好。"

"那倒是，不过，我希望……你继续做下去。"

我知道她那句没有说出来的话是"我走了之后"。我点点头："我会坚持到高三，太后放心。"太后听完，居然红了眼眶。

交流期很快就到了，王太后很不够哥们儿，居然想趁寒假一个人偷偷溜走。她从学校里走出来，在路边打了辆车，转过弯，司机指了指窗外。我们全班同学一字排在马路边向她挥手。

司机索性关了发动机，开了车门走下来，他说："你们这是送老师吗？这场面我还是第一次见到。"

"那是——王太后，威武！"

与“洪水猛兽”一起的日子

1

高二开学，妈妈把我送出家门，意味深长地说：“以后再也不用我唠叨了，高二的老师比我厉害，会有人管你的。”

一个跛着腿的人走进教室，他在教室里绕了一圈，似在寻找什么。他在我身边停了下来，数学课本书皮上赫然写着我的名字。

“你就是韩小湃？”我轻轻点头。他笑着，拿起我的书，在我头上敲了两下，继续说：“我教过韩小溪，你这两年的数学课就交给我了。”语气中隐有不善。

我不敢怠慢，认真听讲。未料，第一节课我就被叫到台上做题。那题刁钻得很，我只写了已知、求解，就茫然不知所措。他说："不要以为你们是文科班的，就不用学数学，高考时数学还是很能给你们提分的。"

我挂在黑板前，听着他的谆谆教诲。这可是开学第一天啊，给点面子好不好？再说，我跟他无冤无仇，是何故他要对我如此不善？我恼羞成怒，心里恨恨地想，他的腿也大概是因为他的不善而摔坏的吧！

下课后，我火速打电话给韩小溪。韩小溪是我表姐，已经考上了大学。她警告我，不要惹到这个"洪水猛兽"，因为他认识我爸我妈我叔我婶，这么推测，他应该也认识你爸你妈，"所以你最好老实点，他的课一定要提前预习，要主动回答问题，不然，他会认为你对数学的态度不端正，到你老爸老妈那儿告上一状，你就一个人哭吧。"

韩小溪的高中就是这么过来的？这得有多惨啊！难怪我妈胸有成竹地说会有人管我，原来，她早在学校安插了卧底。想到未来有个人像特务一样在暗处观察着我，还时不时地跟我妈汇报，我就浑身起鸡皮疙瘩。

2

从数学课开始，我的噩梦般的生活由此拉开大幕。尽管我时时刻刻小心翼翼，但还是一次又一次地出丑。

数学课上，他总要叫我起来回答问题或者到黑板上解题。我这个榆木脑袋天生对数学不感冒，仍是常常写出：已知、求解，就再也进行不下去。我挂在黑板上，度日如年地看他把题解完。这才被释放回座位。

几个回合下来，我也总结出一点经验，甚至以与他斗智为乐：每堂数学课前，我都要下功夫预习，上课提问，不管会不会，我都要高举右手，期待着他能第一个叫我回答问题，通常第一个问题总是比较简单的，一旦我回答后，接下来的时间我可以很放松地上课，即使我没回答上来，他也不会第二次提问，偏心也不能太明显不是？让人郁闷的是，他似乎看穿我的小伎俩，常常要到下课前才提问我或者让我做题。这一节课我就得认真听讲，不敢开小差不敢有半点闪失。

这样的日子一天天过下去，我的数学成绩竟然有了提升。60 分，70 分……但我们是文科班的学生，仍然对数学提不起精神来。他看似不恼，还乐呵呵地从大城市给我们找来各种打破脑袋也想不出解题方法的题。那些题打击得我们抬不起头来，他却说高考不会考这么难的，让你们做难题是想让你们不要那么自以为是。

“我们本来也没自以为是，不然我们也不会上文科班了。”我小声嘟囔，他淡定地说：“那更好，很有自知之明，从明天起，放学后都留下，我给你们补课。”

“啊？还让不让人活？”

“学校得给他多少补课费啊？”

“太独裁了吧？”

教室里怨声载道。

“啊什么啊，这是为你们好，将来我可不希望你们指着我并不高大的背影骂我，害你们没考上大学，没找到高富帅和白富美。”同学们哈哈大笑，他收拾课本，走人。

3

不管我们对补课的态度多么不端正，他总是在放学后准时到教室。说实话，他并不招人烦，偶尔还能听到他的金句，同时补课也让我们的数学成绩略有提高。渐渐地，大家习惯了“加餐”。

然而，天有不测风云，理科班对他给我们班补课的事很有意见，校长召见了他。我们不了解校长为什么要召见他，他难道不是在校长的授意下给我们补课的吗？

从校长室出来，他跟我们开玩笑说：“理科班的数学成绩那么好，还补什么啊，再补就要流鼻血了。”同学们乐得不行，他又说：“你们看，我出力不讨好，拿不到一分钱补助不说，还要被别的老师控诉，又得不到你们的理解。”

至此，我们明白了真相：这一切都是无偿的！

从那一刻起，我们对他产生了敬畏，是的，就是这种态度！对他这个人，我们也很愿意品头论足，甚至变得越来越八卦，把他的身世搜了个底朝天。他有小儿麻痹，因为这落下残疾，因为这没有去成想去的大学，只得选择了师范。起初他是不愿意当老师的，无奈之选成了老师，没想到还真成了优秀教师。

他的身世让我们唏嘘不已，随后我们发奋学习，数学成绩也自然逐渐呈上升趋势。我的数学甚至考到 80 分，我妈几次表示要请他吃饭，感谢他对我的照顾，都被他回绝了。

那年冬天，下了一场大雪。周三早上，第一节课上数学，上课铃声响了十多分钟，他都没出现。一个守时的人怎么可能迟到？课代表去办公室找，没人。打手机，没人接。

正在课代表不知所措之际，保安跑来了，请他帮个忙。课代表跟着保安来到校门口，远远就看到上坡路上有人摔倒了，拼尽气力往上爬。很无奈的是，人爬起来，自行车又倒了，他扶起来，再倒。

是数学老师！课代表急忙跑上前，和保安一起把他扶起来。他的裤子已经被雪水浸透了，却要求直接进教室讲课。他的理由是："对我来说，时间只是时间，对高中生来说，时间就是命运。"

走进教室，不明就里的我们被他的满脸泥浆逗笑了。他自嘲地说："我今天早上跟大雪做斗争来着，事实证明，人胜不过天，事实还证明，你们拗不过高考制度，所以，给我安安稳稳地争分夺秒地学习吧！"说着，他欲走上讲台。

难堪的一幕发生了，他跌倒在台阶上。我坐在第一排，下意识地站起来扶他，他说："不用不用，老师也是人，你们总要给老师留点面子，老师跌倒了能自己爬起来。你们也一样，不管将来高考成绩怎么样，在哪儿跌倒就在哪儿爬起来。精神垮不掉，就永远都有希望。"

那天，同学们异常地安静。那之后，每逢有他的课，同学们都异常地认真。我的数学成绩甚至冲到了 88 分这个连我自己都不敢相信的分数！

4

在与“洪水猛兽”的斗智斗勇和惺惺相惜中，不能回避的高考如约而至。

高考前三天，学校放假。我心不在焉地收拾书包，他走过来说：“保持一颗平常心，尽自己最大的努力考。”

“我多想像您一样，有这样平和的心态啊！”

“像我？等你像我一样，你就老了，你现在还年轻着呢！你不是也考过88分吗？你完全有理由保持平和的心态！”

“要是考不上呢？”我几乎要哭出来。

“不会的，老师看好你！但你要真考不上，那就还回学校，我还带你，但还是希望你能考上，就算为我多挣点奖金好不好？”

我笑了，他的话让我有了底气也有了信心，更有了豁出去的胆量，考不上又怎样？大不了再跟他多待一年，也没什么不好。

接下来的三天里，我没怎么复习，上了考场，也没怎么紧张。那一年，高考数学题出奇地简单，一道一道题解下来，我信心倍增。考试结束，我如释重负，考一百多分不成问题。

成绩下来，我数学考了 108 分，打破了我有史以来的数学纪录。我却欢呼雀跃不起来，仍旧担心考不上理想的大学。不久，录取通知书来了，没考上一本，南方一个二本学校收下了我。我犹豫着是否要再复读一年，考一所比较理想的学校，又担心复读后的结果更糟。

记不清是因为太兴奋还是太失落，我没有告诉他我考上了哪所学校，就匆匆忙忙南下。新的环境、新的语言、新的一切都需要适应，把给他写信的事一推再推，等到有空想给他写信，又不知从何说起。前几天，高中同学正在群里畅聊，突然有人说不知道“洪水猛兽”怎么样了。群里沉默了好一会儿，有人说：“虽然再也不用担心他会跟我爸告状，但每年高考，我都会想到他。”又有人接着说：“前两天我问我姨父怎么跟他那么熟，我姨父愣了一下，告诉我，他们不认识。”原来他跟谁的家长都不是很熟，只是“诈”我们而已。这也太“阴险”了吧！

今年的高考已经结束，大学也快放暑假了。我想，我应该回母校看看，看看这个“洪水猛兽”现在是不是还那么独裁，是不是还那么煽情……

再见，么么

她从来都是穿着洗得发白的衣服，上衣的袖子磨出了线，裤子没有一条是没补过的。我不知道她为什么要穿成这样。但贫穷让我们看不起她，没有同学愿意跟她玩，我们甚至把她当成了不吉利的人，看她迎面过来，我们宁可绕道走，也绝不与她正面相逢。

1

九月，已经过半。我桌子的另一端还是空着。我有些着急，为什么别人都有同桌，偏偏让我一个人独坐？

旁边的座位又空了一段时间，我的同桌才被班主任带来。她穿着旧旧的上衣、肥大的裤子、洗得发黄的球鞋，那头发更是像极了一把枯草，乱糟糟地堆在她的头上。

她在老师的授意下做了自我介绍：“我叫沈么么。”

“她叫什么什么……”同学们哈哈大笑起来，我也跟着笑，这个名字太有创意了，只是安在她头上，实在委屈了这么好的创意。

她大概是被吓住了，介绍完自己的名字，再无言，只用手指绞自己的衣角。看样子，是一个没见过世面的人。

她被安排在我的旁边，她一坐下来，我就差点把早饭吐出来。不是我这个人爱挑毛病，但她是不是应该洗个澡再来上课啊？一身的酸臭味，一个女孩子家的，怎么能这样不注意卫生啊！

我捂着鼻子，用圆珠笔在我们共用的桌子中间狠狠地画了道“三八线”，我可不能让她的脏衣服弄脏了我的笔袋，我甚至希望能有一堵墙，把她隔在我的视线以外，连同她身上的异味也一并隔离。

沈么么好像不在乎我和同学们对她的讨厌，她也不讨好谁，到点来上课，放学就急匆匆地离开。没有人知道她这么匆忙是为了什么。当然，除了我这个同桌经常厌恶地瞥她，大概真的没有同学愿意多看她一眼。

沈么么来之后没多久，就到了期中考试，这个不言不语的邋遢女生竟然一举夺魁，把我这个从小到大都在班级排第一的考试高手挤到了第二名。

我闷闷不乐地把试卷揉成一团塞进桌子里。输在她手上，我实在不甘心。我想，此时她心里一定兴奋得不得了，可我拿眼睛偷瞄她时，这个沈么么竟像我一样把试卷塞进了桌子，脸上也没什么喜色。

我觉得奇怪，一向对她说话恶声恶气的我拉着脸问她："考了第一还不高兴？"

"有什么值得高兴的？学习再好都没用。"她幽怨地说。

我不知道她为什么这么说，凭直觉，她一定有秘密。

2

我得承认，沈么么的学习确实比我好，但我也有比她好的方面，我的家庭条件比她好，我穿的可是名牌啊，她全身上下的衣服加起来，不够我买一双鞋的钱。

我走在路上，男生的回头率可是百分之百，当然，她的回头率也不逊色于我，只是男生们看到她都会不约而同地发出“哟”的声音。

我得承认，我讨厌沈么么。但她忧郁的眼神和说不清道不明为何开学后一个月才来报到的原因，让我越发地好奇，更让我不解的是，班主任对她竟特别地好。

我决定跟踪沈么么，我要摸摸她的“来头”。虽然“跟踪”这事说起来不怎么光彩，但我对自己说，我只是想了解事情真相。

放学后，我骑着单车跟踪沈么么来到了繁华的商业街。锁好单车，她就奔一家服装店去了。我心想，她看起来其貌不扬，没想到对商业街还这么熟门熟路啊。

不大一会儿工夫，沈么么出来了，戴着手套，手里拎着一大袋垃圾，她吃力地提着垃圾走到街口最大的垃圾站。那些垃圾一丢进垃圾站里，就“嗡”地钻出一堆苍蝇。

倒完垃圾后，她又走进了另一家服装店，照例又抱着一堆垃圾出来。我一下子蒙了，这个沈么么该不会是给人家倒垃圾的吧？这一次，她倒完垃圾，干脆在垃圾堆旁边翻拣起来，一两分钟后，她攥着从垃圾堆里扒拉出的两个矿泉水瓶，两只眼睛放着光。

我的跟踪很有收获，五点放学后沈么么一直都在商业街抱垃圾、扔垃圾、捡破烂……沈么么给商业街的最后一户店主倒完垃圾，已经是晚上八点钟了。她把一大袋子矿泉水瓶和破烂绑在她的破车子上，晃晃悠悠地去了市南区的废品收购站，卖完废品又骑车钻进了一条胡同。

3

那天，我没有继续跟踪沈么么。我想，在那个胡同深处，必定是她的家了。

我晃悠悠地骑车回家，心中有一种说不清道不明的难受。我知道我受了刺激。回到家，我坐在宽大的沙发上，把头埋在抱枕里，这个“什么”让我感受到从未受过的刺激。曾经我和同学们一样嘲笑她，笑她土，笑她穷，笑她节约，笑她每餐只吃馒头……我甚至拿自己的家庭条件跟她比，是的，爸妈做生意，天天不着家，他们给足够的钱让我去买衣服买零食，可这些都是他们挣的！沈么么，人家是自己挣钱啊！我却跟她比来比去，我的心胸真是太狭隘！

一个晚上的失眠，直接导致我第二天早上的自习课迟到了。沈么么已经坐在了座位上，忙碌地写作业。

我放下书包，罕见地跟她打了个招呼：“作业写完了吧？借我抄抄呗。”

她说："我数学作业完成了，语文作业还有几道题没做完，先把数学作业借你吧，不一定全对。"

就是这一个招呼，一下子拉近了我和沈么么的距离。我们有时会在一起讨论作业，我还把自己的课外书借给她看。虽然，她身上的异味还在空气中飘着，但闻起来已经不那么刺鼻了。只是，沈么么的秘密像一块石头一样压在我心里，仿佛我偷了她的东西一样。

我和沈么么成了无话不谈的好朋友，她跟我交了底：她不是本地人，她有个双胞胎姐姐，生下来没多久就死了，她是妹妹，所以父母给她取名么么，在家排行老小的意思。

其他的，沈么么没有告诉我。但我猜，她的衣服一定是捡来的。有一次，我无意中看到她写的日记，她说她最大的心愿是能拥有一套校服。

多么渺小的心愿啊！我只要每月少去两次必胜客，就能帮么么买一套校服了。但沈么么又是那么倔强，她怎样才能接受我的帮助呢？

4

最近一段时间，我开始注意节省。谁料到，我竟然跟沈么么变得形同陌路了。

事情是这样的：学校要举办主持人大赛，我形象好，人缘好，当仁不让地被同学们选为参赛选手，我甚至连获奖感言都想好了，做梦都是抱着奖杯朝台下挥手，简直风光无限。

没想到，半路杀出个程咬金——沈么么。让沈么么参赛是班主任的主意，还要我和沈么么比拼。沈么么一言不发，同学们默不作声，似乎是支持班主任的做法，我觉得她抢了我的风头。我的火一股脑儿地蹿出来，我说："她连校服都没有还能参赛吗？她的群众基础好吗？她参加比赛还怎么捡破烂啊？"

我的话让教室里的空气异常紧张，恨不得点根火柴就能燃烧。沈么么抬头看了我一眼，扭头跑出了教室。教室里像炸开了锅，有的同学追了出去，有的同学对我指指点点。

班主任发话了："没错，她没有校服，她没有多少时间跟大家交流，她的群众基础并不好，但这能怪她吗！因为贫穷，你们看不起她，可是她有错吗？她能够选择自己的出身吗？如果你们出生在贫穷人家，你们愿意被人看不起吗！每个人都有尊严，沈么么更是这样，我们为什么不能用主持人大赛来鼓励她呢？还有那些奖品，那些学习用品对你们来说唾手可得，对她来说有多重要，你们知道吗！"

这次，低下头的，是我！自责、懊悔……我希望同学们能把沈么么追回来！他们却都是摇着头回到教室。

我去商业街找她，她的破自行车不在。我一家店一家店找过去，没有她的影子。我身上起了一层鸡皮疙瘩，她不会想不开吧！

最后，我来到市南区的那条小胡同。小胡同里乱七八糟地堆着一些破烂，沈么么已经在家里了！这让我的心稍微放下来。

透过窗户，我看到她正在用煤球炉子做饭，她旁边的床上躺着一个女人，那女人问："今天咋回来得这么早？”

“明天我们要考试，我想多看一会儿书。”沈么么说。

“么么，以后别去捡垃圾了。妈的病，也不是一天两天能好的，能拖到几时算几时吧！早走早消停，去找你爸，省得活着受罪。”

“妈，你就安心养病吧，你治病的钱，我能挣出来。”

我站在院子外面，眼泪“吧嗒吧嗒”地落下来。我恨我自己，怎么能说出那么伤人的话来，怎么能自私到不顾及沈么么的尊严！

5

我放弃了主持人大赛。我把一身崭新的校服放进沈么么的桌子里，我还为她买了一双新款运动鞋。沈么么本来就不难看，她站在舞台上应该很打眼！

沈么么来上课了，我没有跟她解释什么，她迟疑了一下，也没有不依不饶地跟我讲道理，笑了笑，愉快地接受了礼物。我们重归于好。

让我难过的是，一个星期后，她没有再来上课。我去小胡同找她时，她家已经空无一物。她的邻居从屋里拿出一个包裹，说这是么么让她转交给我的。

我打开来，是我送她的校服和运动鞋。我还想从包裹里再找出点什么，却枉然。

沈么么消失了，没有人知道她去了哪里！我的生活中突然少了一个学习上的对手，少了一个能够让我时时反思的朋友。沈么么彻底消失后，我才感觉到她的重要。我开始怀念和她做同桌的日子。

那一年，我旁边的桌子一直空着。到了高二，学校换新课桌，我和么么的那张桌子被毫不留情地搬走了。

看着那张桌子离我远去，我忍不住掉下眼泪。我对着空气说："再见，么么！"但再见不是再不相见，而是希望能够再次见面，能够当面对么么说声"对不起"！

当我渐渐懂得尊重别人时，我多想再见到么么啊！

第三辑

谁的天真不无邪

我们的不靠谱老师

1

炎热的夏季即将过去，伴随着秋季的开始，我将升入初中。对于未来的生活，我充满期待，毕竟进入一个新的环境，将会认识一些新朋友，还能和一些旧朋友继续混在一起。

我学习不太好，上小学因为打架还差点被开除。我爸求爷爷告奶奶也无济于事，没有哪所学校肯收我。无奈之下，只好进入这所离我家很远又不入流的城北中学。小易、乐乐，这两个隔三岔五和我一起惹是生非的发小儿也走投无路，于是，我们三剑客再次齐聚城北中学。

小易和乐乐在学校门口等我。我们仨嚼着口香糖沿着楼道往前走，沿途路过其他教室，每个班都有一个老师在唾沫横飞地说着什么，教室里看起来挺安静。楼道尽头，是6班。

“教室怎么这么乱啊？在门外听着比自由市场还吵。”我戴着耳机，不由得紧皱眉头，推门而入。教室没有老师。聊得热火朝天的同学朝门口望了望就又各自回到自己的世界，聊天的聊天唱歌的唱歌。我们仨选了最后一排的座位坐下。

我戴着耳机听音乐，可教室嘈杂的声音太大了，即使把音乐放到最大，那歌词也传不进我的耳朵里。我忍无可忍，站起来，大吼：“你们能不能别吵吵了！好好待着不行吗！”

我身高一米七几，身体壮块头大，看起来就跟十七八岁似的，我这一声吼，着实把教室里的同学吓着了。教室里顿时鸦雀无声。

“好好好，正所谓乱世出英雄。这位同学，你就来当班长吧。我看也就只有你能镇住咱们这个实验班了。”我正为自己这一声吼把班里的噪音压制下去而暗自得意时，教室门口出现了一个身材挺拔的男老师。他目睹了刚才的一幕，我便莫名奇妙地被委以重任。但是，实验班是怎么回事？同学们面面相觑。成天上房揭瓦的我、小易、乐乐，我们仨肯定进不了实验班，刚才教室乱糟糟的现状也已充分说明，其他学生的质量也不怎么样，不是我看不起他们，是我太了解我们，坐在这个教室里的大多数同学肯定是班主任不疼、教导主任不爱的角色，肯定是进不了“高大上”的实验班的。

老师笑了笑，解释道：“没听错，你们和我确实是实验班的，我是你们的班主任，你们叫我老周也行，叫我小周也行，反正我姓周。别的学校的实验班收的都是好学生，我们城北中学的实验班收的都是像你们这样的，还有我这样的——不靠谱一族。”

教室里传来一阵骚动，但没人出头。我坐不住了：“你才不靠谱呢？我们可不是！”我怼了一句。我们可以自嘲，但不允许别人说。

“怎么，都不承认自己不靠谱啊，你们不想让人说，那就做出点靠谱的事来看看啊。”

老师不屑地看着全班，我恨不得冲上去给他一拳，让他知道三剑客的厉害。但我被乐乐拦住了，乐乐说："他刚让你当了班长，别给自己惹事，也别跟这个没轻没重的老师一般见识。"

老师走后，我苦着脸说："我招谁惹谁了，让我当班长，我这辈子连组长都没当过呢！"

乐乐狡黠地笑："话是这么说，但当班长这事还是挺让你心花怒放的，对不对？"

"你脸上的表情出卖了你的内心，小子，别装了！"小易随时不忘补刀。

"我……你们还是不是我亲哥们儿！"

2

开学第一天，我对老周这人印象就不怎么样，估计说话做事也不靠谱。事实上，他比我们想象的还不靠谱，他太懒了，连选干部都不管，班规也不给我们定，他说："自己的事自己定。"他自己成了甩手掌柜。

我也不能白挂一个班长的名，总要做点事，况且我内心深处的虚荣心那么重，我还是喜欢当官的。

真是奇怪，我以前一直很讨厌当班干部的同学，觉得他们爱打小报告，怎么这回我当了官，还觉得心里挺美的呢！我找小易和乐乐商量："一个好汉三个帮，你俩不帮我谁帮我，一个当体育委员，一个当卫生委员，谁要不服，我们就来横的。"

我们三个着急忙慌地在班里张罗着选班干部。同学们大多互相还不了解，对于小易和乐乐当班干部的事并不认真对待，他们的表情告诉我，爱谁当谁当。唯有罗大可好像不把我们放在眼里，公开说明投弃权票。他这么不给面子，以后找机会修理他一下。好在他的弃权票并不影响最终结果。

那天的状况很混乱，反正是全班稀里糊涂地选了班干部和各科的课代表。我还发表了一番乱七八糟的讲话，什么"我们要拧成一股绳，我们要凝心聚力，我们要灭掉其他班……"我竟然说得出这样的话，把我自己都震惊了。

"你从哪儿学的？我认识了你十几年，竟然不知道你有这口才，你小子藏得够深的。"乐乐拍着我肩膀哈哈大笑说道。

那天还制定了班规，谁要做出给班级扣分的事，谁就负责打扫一星期教室。

我们前脚搞定了班干部和班规的事，老周后脚就来了，他的命可真好，班级混乱的时候没遇上，班级平静了他倒来了。他一进教室就祝贺当选的同学，也不忘怂恿其他同学："这些人是你们自己选的，你们履行了自己的权利，要是以后你们觉得不满意了，你们还可以投票决定撤换，这也是你们的权利。还有，你们定了班规就得遵守，要是班规不合理，到时候自讨苦吃，你们可别怨我。"

他这是什么意思？是嫌班里太消停了是不是?! 想让班里更加混乱是不是?! 真是成事不足，败事有余。

开学没多久，全年级军训，要评出一二三名。其他班都是班主任带着学生在操场上挥汗如雨地练，我们班的老周竟然翘班，他在办公桌上留了张纸条："我去疗伤去了，不用找我。"疗伤，这理由很令人发指吧。

之前我们听他说起，他谈了七年的初恋女友，把他给甩了，他痛不欲生：“什么初恋啊？都是瞎扯。她嫌当老师的工资低，嫌我整天跟一帮孩子在一起，嫌我长不大，我俩上初中那会儿可是她说崇拜老师我才立志当老师的啊！哎，此一时彼一时，人是会变的，你们可别像我一样，年少轻狂时我可是为了初恋把家里闹得鸡犬不宁，如今落得这么个下场。”

初恋有这么不美好吗？那些萌生恋爱之心的同学一下子对初恋这件事产生了恐惧，对美好的初恋失去了憧憬。

老周去疗伤了，留守的我们要参加军训要进行评选，得奖的还要上台领奖，怎么办？按说这领奖搁以前跟我们仨没半毛钱关系，因为领奖这事根本不会轮到我们，但现在不一样了。

“我被你逼得当上了体育委员，真要得奖的话我还得上台嘚瑟呢！”小易已经开始进入嘚瑟的状态了。

“没想到，你这么虚荣。”乐乐嘘他。

“以前是没机会虚荣，现在有机会了，还不虚荣一把。”小易坦然以对。

“得，我们得成全他。”我支持小易。

为了班级能在军训中取得好成绩，我们三天两头请同学们吃雪糕，对于那些不好好训练的，我们拿出看家本领——吓唬！“你要是不好好军训，我们就把你在学校不好好学习的事告诉你爸妈，让他们不给你零花钱，或者把你的手机藏起来……”同学们怕了我们仨，军训时很给力，只有罗大可不吃我们那一套，雪糕对他没有诱惑，他对我们也不理不睬。不过他倒不捣乱，大家也就相安无事。等他对我们不敬，我们再收拾他。

半个月后，经过无数次的威逼利诱加动之以情加晓之以理，我们成功地将小易送上了领奖台。那晚我们三个人把单车停在路边，看来来往往的车辆飞驰而过，小易突然感伤地说：“你们知道领奖时的感受吗？我这辈子都没感觉这么快乐过，所有人都在看着我，我成了焦点，不仅仅是代表我自己，我是代表咱班上的台，以前都是别人代表我上台，现在我也能代表别人上台了……呜呜……”

小易没说完，竟然很戏剧性地抱着我俩哭了。我内心也五味杂陈，小易说的这些我最近一段时间都感同身受，怎么说我们现在也是班干部了，怎么着也是翻身农奴把歌唱了啊。转念一想，小易能上台领奖，我这个现任班长不比小易差啊，学习方面我比他还强点呢，小学一年级时我还考过年级第一呢。那么，下一次我是不是要争取上台领奖了！

3

军训场上的扬威让班里很振奋，6 班同学走在校园里都有了自信十足的气势。

老周大概是把伤疗好了，看起来精神还不错，但他好像很看不惯我们这股自信劲，回班第一天就给大家泼冷水："自信过了头就是骄傲，你们不过就是军训得了个第一，却要一直活在振奋里，有意思吗？"

"我们军训累得跟鬼似的，老师你在哪儿？你为失恋那点破事一蹶不振，有意思吗？"

哟，说这话的是学习还不赖的罗大可，当面跟老师叫板，很帅！

小易带头鼓掌："好样的，罗大可，为你点赞。"

罗大可冲他笑笑，挑衅地看着老周。

老周当着这么多人的面受到语言攻击，脸色很难看，话语更是不饶人："我失恋跟你们没有半毛钱关系，怎么说我也是大学毕业参加工作以后才失的恋，你们能不能大学毕业还是个未知呢，再说，当年我学习好才会有机会追校花，好歹我也谈了一场恋爱，还是跟校花谈的，我怎么着也比你们强吧。哟，看你们这小眼神，心里不服是吧，期中考试马上就要到了，你们自己有多大本事，在考场上使出来啊。看看你们一个个，学习成绩那么差，哪个女生会喜欢你们？"

老周一席话，激起了民愤，我、小易、乐乐，二话不说要把他抬到门口，可他太沉了，罗大可突然冲上前去，架住他的胳膊，四个人一用力，把他抬到门口，往外一推，关在门外。

"哎哎哎——我是你们的班主任——"任他在门口叫嚷，我们也没给他开门。

回座位的时候，我拍了拍罗大可的肩膀，说：“兄弟，好样的。”接着我又高声宣布：“咱们不能被老周看扁了！”

“咱们必须待从头，收拾旧山河。”这次，罗大可又主动跟我们统一战线。

“这旧山河怎么收拾？”乐乐问。

“你们傻不傻，全班四十多个人，就一个罗大可学习像点样，还有几个学习也凑合的，可你们就知道傻呵呵地自己学自己的，考试排名排的是全班平均分，你们光自己学习好有什么用？班里还有很多学习不好的呢，你们也带带人家啊。”老周拍着门叫道。没人给他开门。拍了一会儿，大概拍得手疼，他也觉得无趣，讪讪地走了。

“不如，我们成立几个互助小组吧，选几个学习好的学生当组长，带动相对较差的同学。”我提了建议。

没有人反对。但罗大可一向我行我素，他愿意为班级出力吗？

“罗大可，为了咱们班，学习好的你能带个头吗?”为了班级的未来，我豁出去了，主动给他发了个微信。

过了好一会儿，罗大可才回了一个笑脸。他能答应真是出人意料。我在心里直呼万岁。

我们当即分了组选了组长，组长们像是被老周惹怒了，都表示将尽心尽力提高各组学习成绩。

4

十一月，天气微冷的时候，期中考试来了。我们班拼了全力，总分还是排在六个平行班最后一名。同学们垂头丧气，觉得所有的努力都白费了。

“功也没白费啊，你们这次是输了，那是因为底子差啊，需要付出更多努力才能有更大的提高，你们军训时的振奋劲儿难道忘了？你们可是赢过的人啊。还有啊，你们当中有打球好的，有画画好的，有吹黑管的，你们那么有本事，怎么元旦晚会的时候不亮亮相灭灭别班的威风啊！其实吧，我一直认为那些不以什么为目的的爱好是很值得去追求的。”老周悄无声息地溜进班，冷不丁地说了句人话。随后，又不见影儿了。

班里有同学打架了，找老周，不在。小易和我帮着劝架，做了半天思想工作，打架的两人才合好；有同学连续给班里丢分，连续打扫了一个月的教室卫生，牢骚满腹，小易和罗大可张罗着修订班规；有同学发烧了，找老周，不在，罗大可和我两个人轮流背着发烧的同学到医务室，那同学体重160斤，把他背到医务室，我和罗大可瘫坐在地上大口大口地喘着气。再抬头时，正好迎上罗大可的目光，我看到他的头发被汗水一根根贴在头皮上的狼狈相，不禁哈哈大笑，他也哈哈大笑。我们在笑里发现，我们本来就没结过梁子，只是因为不了解才鬼使神差地互相看不惯。

眼看着班里天天鬼哭狼嚎的，老周疗好的伤又复发了，他为失恋的事仍旧醉生梦死，除了上课再见不着影子。同学们在微信群里各种吐槽，我也怒发冲冠地说道："果然如他自己所说，他就是一个不靠谱老周。"

"求老周家的地址，我要去他家，找他说说理，他自己不思进取，但不要挡着我们前进的路。”

“找老周，请拨114。”

不知谁扔出这么一句话。

“谁啊？这么不长眼，在这个节骨眼上找事。”我在群里说道。

乐乐私信我，让我看这个头像。

“这头像有什么好看的，不就是一顶帽子嘛。”

乐乐说：“你想想，老周是不是有一顶同样的帽子？”

“难道，说这话的是老周？他什么时候混进微信群的？”

我对着微信群一阵狂吼：“碰上这样的老周，我真是倒了八辈子的霉了，我现在就想打110！”

那人答曰：“可惜不受理！”

我简直要气炸了。

那人又补一句：“你们是不是很不喜欢我啊？有本事你们就考个好成绩，然后去校长那儿参我一本，说我不配做你们的班主任。要不然，凭你们现在这点儿能耐，就是到校长那儿告状，校长也不会给你们换班主任的。”说完，他还补了一个“哇，厉害了”的表情。

老周真是欺人太甚了。士可杀，不可辱。群主小易当即把他踢出群，随后全班一致决定“不蒸馒头争口气”，就是为了把这个老周彻底赶出我们班，也要把学习搞上去。

5

又一个学期以后，6 班的学习成绩终于一步一步有了起色，虽然我还是没有登上领奖台，但我拿起了很长时间不吹的黑管，每天有那么一段时间我总要沉浸其中，感觉自己浑身上下充满了文艺气息。

奇妙的是，6 班现在百花齐放了，每个人都重拾自己的爱好，在属于自己特长的世界里骄傲地绽放着，虽然这些花有的开得并不灿烂，但总算没有烂在花苞里，好歹都开放了呀！此时，每位任课老师都夸我们班的纪律好，夸我们班有凝聚力，夸老周厉害，管理班级有一套。

老周？他管过我们吗？他除了数学课给我们上

以外，其他时间根本不见人影，连班会都是我们每位同学轮流主持的。他要是那么好，我们就不会为了把他赶出班级、为了到校长那儿参他一本、为了换班主任而拼那么多了。

语文老师疑惑地看着我们：“怎么，你们不知道吗？你们班的老周可不是一般人，一边当你们班的班主任教着数学课，一边读完了博士，这还不厉害？推荐你们看他在微信公众号里写的一系列记录班级日常的文章。”

“啊，老周有这本事？”

看完老周的微信，我们惊觉上当，他对我们每个人都了如指掌。

开学前，他把所有人的情况都摸了个透，谁什么脾气和以前做过什么出格的事，他都能一条条讲出来。他知道我有号召力，但不用在正道上，就让我当班长；他知道小易和乐乐是我的哥们儿，他俩一定会全力支持我的工作；他不管我们，是放手让我自己选班干部自己制定班规，是为了让大家行使自己的权利，使班级里的一切都做到民主、公平、公正，让大家在吸取教训中不断行使自己的权利；他从来不直接说出要怎么做，而是说一半留一半，让我们自己思考应该怎么做；他说初恋不美好是因为发现了班里有谈恋爱的苗头，没想好怎么让同学们理性对待，就用失恋疗伤这么一招，之前那些要死要活的话是逗我们的，他和初恋根本没有闹分手，而是马上就结婚了，他每次去疗伤其实都是请假读博去了；他故意跟我们唱反调是想通过语言刺激使我们主动向以前的自己说不，甚至不惜出险招挑衅我们，让我们把学习搞上去，这样才有实力去校长那儿参他一本把他扳倒；他说有些不以什么为目的的爱好也很值得去追求，这是要告诉我们人生路很长，有一个值得骄傲的特长会使自己更加自信，活得更加有滋味……老周平时看似不管我们，实际上是煞费苦心地让我们自己更好地管自己。

不靠谱老周真是天才，好多篇微信文章都是 10 万以上的阅读量，每篇文章后面都有一大拨儿忠实粉丝留言。一时间，全班同学对那个“阴险狡诈”的老周顶礼膜拜，但在公众号里的留言也绝不心慈手软，老周也从容接招，有留言必回复：

“老周，你是怎么知道我们底细的?”老周回道：“从你们的朋友圈知道的啊，难道你们不知道世界上有微信小号这回事吗?”

“老周老周，我爱你。”老周回道：“赶紧删了这条，别让我媳妇也就是你师娘看到。”

“你可真是演技派。你拿我们的故事换了10万以上的阅读量，我们不能这么轻易地饶了你。”老周回道：“我请你们吃喜糖。”

“太便宜你了。你等着，看回班我们怎么虐你!”老周回道：“未来还有两年，我们可以互怼互嫌互助。一句话，你们虐我千万遍，我待你们如初恋。哈哈。”

读着老周公众号里的文章，我忽然想到一年前，开学第一天他对我们说的：“怎么，不想让人说不靠谱，那就做出点靠谱的事来看看啊。”

一年后，我们做到了。老周也做到了。不，应该是老周早就做到了。

螃蟹街的微笑

1

小野永远记住了 2017 年 8 月 22 日。

前一晚，她被妈妈拽着上了火车。上火车前，她的挣扎在妈妈声嘶力竭的“你爸爸帮不了你了，你只能靠自己”中停止了。来往行人诧异地看着这对母女。小野终于顺从了妈妈。

小野和妈妈赶了一夜的路，那数不清的灯火在小野眼前明了又灭。她知道，她要开始新的人生了。

8 月 22 日上午，小野和妈妈下了火车换乘汽车。一个小时以后，两人来到了完全陌生的环境。妈妈打了辆三轮车，一手拖着沉重的行李，一手拖着她坐了上去。

小野感觉她的五脏六腑已经被三轮车颠得四分五裂。司机说学校前面二百米不让停车，让她们自己走过去。

经历了一路的颠簸，又背着重重的背包，小野双脚沉重，走得很慢，她怕远道而来的自己不受同学们欢迎。好在还未开学，小野的心情稍稍轻松了一些。

“螃蟹街？”小野眼神迷离地四下打量，看到一堵墙上挂着指示牌，上面写着“螃蟹街”三个字。真是一个奇怪的小镇，连街的名字都起得这么奇怪。虽然并不清楚“螃蟹街”的来历，但对这条街，小野心中充满了无限好奇。

“这里就是传说中的‘第四监狱’啦!”一个声音在小野的耳边炸响，她惊魂未定地听到一个家长模样的人说，“老师那叫一个严，把学生当犯人训，三天两头考试，晚上还有晚自习。”

“我不去了，我要退学。”小野缩了缩身子往后退，但她的手被妈妈紧紧地抓住。

“退学，你能干什么？你爸再也没能耐帮你了，你不上学，难道要去打苦工?”妈妈抛出的一个个问题让她不得不面对现实，她的泪也就这么一滴一滴掉下来，落在路边的青草上，她的脚步无可奈何地朝着未知的学校迈进。

当小野一步一步地走到校门口的时候，她被眼前的光景吓了一跳。学校大门正对着的是红砖砌起的楼，冷风似乎要从楼的大门和窗户飞扑过来，那些爬山虎张着双手朝更高更远的地方爬去，但阴湿的感觉让小野在太阳当头的大夏天里不寒而栗。

尽管小野有一千万个不情愿，她还是在这个北方的小镇住了下来。在这所有着“第四监狱”之称的四中住了下来。

坐惯了奔驰的小野不会骑单车，每天都是一个人孤单地从宿舍走到教室，又孤单地离开教室。小野不指望有人会来关心她，人情淡薄，这是她这段时间对社会的重新认识。八月之后，她的妈妈不停地发着牢骚:“你爸这才刚出事，亲朋好友就一个个跑得比兔子还快，以前我们对他们可不薄啊!”因为这层认识，也因为切身体会，她见到任何人都低头一笑。上课时，小野不提问题，也不主动回答问题。没有人了解她，也没有人肯花时间去了解她，包括她的同桌。高三了，谁愿意为不相干的人花时间呢？

如果没有那次换座位，小野对人情的看法也许会一直就这么保持下去。其实，那天是很平常的一天，跟之前的半个月没有什么不一样。班主任梅美像往常的星期一一样开了班会，然后宣布下课。

就在梅老师走了以后，坐在后排的高个男生抱着书包走到了小野身边，冷冰冰地说："快搬到后面的座位上去！"

小野面前的这个男生叫俚俚，外号叫"刺头"，为人霸气得很。她不明就里，只好问："为什么？"

"不为什么，让你搬你就搬！"

俚俚的话把小野吓着了，她小声说："我可以不换吗？"

"不行，赶紧收拾你的书包，换到后面去。真够自私的，占着前排的座位不肯放手了。"

"我，我近视，我……"小野的声音在嗓子眼里打转，发出来的声音低得可怜。

“刺头”等得有些不耐烦了：“难道你不知道吗？班里的规矩是每隔半个月调一次座位，座位是大家轮流坐的。”他说着，“咣当”一声把自己的书包放在了小野的桌子上。

小野往四下看了看，同学们都在收拾着书包，她想，也许班里有什么特别的要求吧。小野咬着嘴唇，将自己的书装进书包里。

“快点行不行？磨蹭什么呀你！”“刺头”催促着。

小野可怜巴巴地加快速度收拾，看这样子，速度再慢点，他能把她吃了。

这时，“啪”的一声，不知道谁拍了桌子，紧随其后的是一个洪亮的声音：“嚷什么嚷？有话不能好好说啊，她又不是不搬！”小野听出来，说话的是经常被老师点名回答问题的何阿树，他人缘很好，同学们都亲切地叫他阿树。

“我换座位关你什么事？吃饱了撑的吧你。”“刺头”不示弱。

“我就是想管啊，我就想不明白你干吗非要抢第一排，你个儿那么高，往那里一坐，后面的同学还怎么看黑板？”

“后面的同学？你是怕小野同学坐得远，心疼了吧！”

小野不知道“刺头”为什么把她和阿树扯上了关系，她是新来的，多一事不如少一事，只想赶紧收拾完书包换了座位好息事宁人。但阿树走了过来，按住她的书包：“你没必要换座位，班里还有一个规矩，个子矮的同学可以不用轮换座位，你坐在第一排是可以的。”

“不行，你赶紧搬到后面去。”“刺头”显然被激怒了。

小野的头“嗡”的一下要炸开，她搬还是不搬？犹豫间，她听到“砰”的一声，继而是一片“哗啦啦”声，她的书包已经被“刺头”扔飞，里面的书和笔散落了一地。

这次是阿树怒了，一拳打在了“刺头”的脸上。班里的女生尖叫着：“赶紧去找梅老师。”

梅老师的心情似乎每天都很好，对待每个人都很热情。小野曾心存怀疑，她的热情需要下多大的功夫才能伪装得那么逼真？她难道就没有点烦心的事，没有讨厌的人？

“班主任来了！”第一个看到梅老师的女生叫起来。

梅老师一进教室，直接将犀利的眼神朝阿树和“刺头”扫去。她看到，阿树身上穿的衬衣已被撕破，“刺头”的眼睛下方被打青了。

“刺头”见了梅老师，识趣地收敛了自己的嚣张，低声说：“梅老师，我要调到前面去，这有什么错？班里的规矩一向都是这样的，不是吗？可小野不换座位，阿树还帮她！”

梅老师很惊讶，定期换座位早已在全班达成共识，万没有料到这件小事竟能引发打架事件。她拢了拢额前的头发，严肃地说：“首先，我要检讨。因为刚开学，事情比较多，忽略了换座位的事。小野同学是新转来的，对班里的规矩也不太了解，应该说，我对今天的事情负主要责任。小野，阿树，俚俚，很对不起。”

梅老师的诚恳道歉令整个班级哗然。“你们三个都回座位上坐好，我有话要说。”梅老师平复了一下情绪，“我们当中大多数同学已经在一起度过了两年，也一同经历了一轮又一轮的比拼，见证了彼此的眼泪和汗水。我相信在座各位的信念是一样的，都希望明年六月能交出一张漂亮的成绩单，所以，因为换座这样的事浪费了大家的时间，影响了大家的情绪，是多么不值得的一件事。同时，我需要郑重说明的是，不管高或矮，胖或瘦，我们都在有限的空间里享受着公平和不公平，在这件事上不公平，在别的事上肯定是公平的。我们需要有一颗平和的心去面对生命中的公平和不公平。小野个子矮，坐到后面就看不到了，俚俚你个子高，眼睛也不近视，所以俚俚如果能把座位让出来，给小野提供方便，你是不是会感到自豪？小野，假如别人给你提供了方便，你是不是心存感激？阿树，你想帮助小野，你的出发点是好的，但是方法不对，反帮了倒忙。事情既然已经发生了，我也不想追究谁对谁错，其实从谁的立场出发，都是对的，但是换个立场为对方想想呢？”

梅老师说完，就踱着步子退出了教室。呆若木鸡的三个人，都没有再说话。很快，教室里响起了写作业的沙沙声。

小野的心涩涩的，写作业时根本不在状态，如果刚才她不那么软弱，就可以大声跟俚俚争论，就不会把阿树扯进来，阿树是多么无辜啊！而她的软弱从何时起如疯草一样越长越高了呢？从何时起她已经完全不像从前的那个她了呢？一个月前的她还是自信满满，一年前还是校辩论队的队长，如今，她成了一个不爱多说一句话不爱为自己解释的人。转念一想，就算刚刚跟俚俚争论又怎么样呢？一个转学来的学生，人缘不好，又能得到多少同情呢？如果因此而丢了学习的机会，那就更对不起妈妈了。她知道此次借读的不易。妈妈再三恳求高中同学帮忙，她才得以来到四中，得以避开外界的追问。想到这，她又认为自己的软弱是当下最佳的生存之道。

虽然换座位的事情到晚自习放学都没有人再提起，但小野还是觉得对不起阿树，又担心俚俚继续纠缠着换座位，下课铃响起，她把自己的书包收拾好。准备第二天一早把座位换到俚俚那儿。

2

阳光明媚的秋日，小野是踩着遍地的银杏叶走进教室的，似乎一夜之间，学校外面的银杏树叶就黄了，她的脚被什么东西硌了一下。弯下腰，银杏叶子下掩藏着一颗果实。

小野笑了，懒懒地在银杏树下坐了五分钟，那五分钟里，她的眼睛穿过银杏树叶回到了她生活了十七年的大城市 A 城。她每天坐着小轿车上学，她的世界被保护得很好，她永远都是生活在春天，她甚至不知道银杏的果实是在这个时候成熟的。

五分钟后，小野回到了现实。教室里，她是第一个到的。把书包放到俚俚座位上，她去了梅老师办公室。

梅老师带着小野来到教室外面的银杏树下，意味深长地讲了一个故事："十五岁时，我的双胞胎哥哥偷了别人的东西，我们在一所学校，那件事闹得人尽皆知。我怕别人看不起哥哥，看不起我，我整天背着沉重的包袱，爬啊爬。十六岁时，我终于爬不动了。一天夜里我睡不着，看到了窗外的月亮，那天的月亮缺了一大块。我突然就醒悟了，月都有阴晴圆缺呢，更何况人呢！于是，我把包袱扔了，并且一直鼓励哥哥一起向好的方向努力。毕业那年，我和哥哥都被评为三好学生。小野，生活没有想象中那么麻烦，周围的人没有想象中那么可怕。无论如何，我们都得面对眼前的一切，不是吗？”

小野低着头，她不知梅老师是不是已经知道了她家里的事情，她曾享受着舒适的生活，却顷刻间荡然无存。

上课铃声响了。梅老师催小野赶紧回去上课。小野小跑着回到教室，正准备冲到最后一排，却发现她的粉红色的书包放在了第一排她原来的座位上。她疑惑地转过头将眼神落在了俚俚身上，俚俚也看到了她，冲她耸耸肩，点点头。他座位后的阿树正搬起一摞作业本往外走，路过她身边时，满脸的笑意。

小野坐在座位上的时候，才发现自己眼睛湿湿的，模糊的视线中，周围的一切都温暖了起来。

平复心情后，小野安心地看起书来。高三了，高考成绩大过天。考试或者测验这样的字眼总能引起小野的恐慌。恐慌?！这个词在遥远的A城里的中学时代根本不存在。在A城她放学后可以去少年宫练钢琴，可以去陶艺馆制作陶具，可以去参观恐龙博物馆……这些，已经离小镇那么遥远了。小镇里的同龄人除了学习就是学习，因为级部主任在开学第一天就说过：只有学习才能改变命运。这样的话她从来未曾听过。如果爸爸的贿赂案没有被揭发出来，她可能还过着悠闲的生活。但那是怎样的贿赂换来的悠闲啊！贿赂案牵扯到一桩有毒的食品安全事件，那次事件导致十几个婴幼儿出现了身体畸形。她的爸爸，她可敬的爸爸，曾经被称为人民公仆的爸爸啊，她怎么能原谅他！而此前，她又是多么心安理得地享受着因受贿而得到的悠闲生活啊！想到这里，小野的心就痛，她曾是贿赂案的间接受益者啊！

尽管小野不喜欢这个小镇，但好过待在 A 城被同学们问长问短。这样的变故也让她知道，她和班里的所有同学一样必须用学习改变命运。她必须下狠劲儿学习。

“退学，你能干什么？你爸再也没能耐帮你了，你不上学，难道要去打苦工？”妈妈的话在她想要退缩的时候总会在她耳边响起。

小野不笨，但她的测验排名总是在班里二十名上下晃。四中竞争太激烈了，常常是上午数学测验结束，下午就是英语考试，老师们连课间也不放过，争相到教室给同学们讲解习题，当然你也可以不努力，但如果背不过课文，那么请到教室外面站着，在课间操时，整个年级的同学都会看到你被罚站。在四中，同学们比赛似的比着谁起得更早，谁背书更快，谁做题更多。这样的情况在 A 城是不存在的，A 城重视的是全面发展，重视的是素质教育，在 A 城以小野的成绩考个重点大学根本不成问题。可在四中，没有人追问你来自哪个城市，你到了四中就得懂四中的规矩，背不过课文照罚。小野就狠狠地被罚了一回，跟两个没有背过课文的同学在楼道里站着，小野来到小镇之初就已经丢了多半的自尊心更被碾得粉碎。

“还敢睡！”这是小野刻在床头的一句话。当大家都在发奋读书的时候，小野怎能无动于衷？夜深人静，宿舍里传来轻轻的打鼾声时，她总要去看“还敢睡”这三个字，她的头脑格外清醒：她一定要靠学习改变自己的命运，靠学习走出小镇，走向来时的地方。想到这些，她就有了学习的积极性。

小野渐渐习惯了小镇的生活，渐渐忘记发生在A城的事，在她觉得生活好像变好了一些时，却阴差阳错地捅了马蜂窝。

晚自习结束后，小野留在教室里打扫卫生。很不小心地，她把椅子弄倒了，刚要扶时，生活委员包伶伶从外面走进来，她是镇长的女儿，每天在班里趾高气扬。看到她，小野想到了从前的自己。

“你以为你是谁啊，A城来的又能怎么样？敢弄倒我的椅子?!”包伶伶冲小野喊起来，令她不知道如何是好。

包伶伶是不是已经知道了她家的事情？阿树呢？阿树呢？小野四下张望，教室里只有她和包伶伶。包伶伶发泄完，抓起一本书走出教室。

小野一整夜没有睡。当下网络这么发达，还有什么能够瞒得住的！很快，四中的人都会知道，她有一个那样的父亲。唉！她揉了揉疼得发涨的太阳穴，无助地闭上眼睛。

这些天她受了很多委屈，但这些委屈都被她咽进了肚子，一丝一毫没有告诉妈妈。她妈正在为她爸的事情四处奔走，她家的复式小别墅被封了，她爸受贿的钱也上交了，她妈只能租平房住。

小野想把手机卖了，省出钱来为爸爸赎罪，被妈妈制止了，为了联系方便，她妈还在手机卡里预存了二十块钱电话费，嘱咐她遇到特别重要的事时再打电话。

小野是坐在操场上仰望蓝天的时候发现阿树的。阿树远远地坐在操场的另一侧，也在仰望蓝天。能和阿树看同一片蓝天，小野心里涌动着莫名的幸福！

尽管小野很希望自己能打起十二万分精神积极

地学习，但她就是不能集中精力。上课时，她经常会若有所思，下课时，也是魂不守舍。

她的手机是在凌晨响起的，“我知道你没有睡，但是睁着眼到天亮也不能解决问题啊，考大学是唯一出路呢！有什么心事就告诉我吧。”署名是：阿树。

从那天起，不开心的时候，小野就给阿树发短信。

十一到了，学校放七天假。小野此番来小镇读书是投奔小叔来的，但小叔一家不在镇上住，她爸出事后，小叔一家唯恐躲避不及，连个面儿都不照。虽然她有小叔家的钥匙，却并不想迈进那个房屋一步。

小野无处可去，阿树就带小野去了他家。那是一个干净的庭院，庭院里种了花，黄的、粉的、紫的菊花，开满庭院。几只褪了毛的母鸡在院子里扑棱着翅膀东寻西找。小野看着院子里一畦畦碧绿的植物，惊讶地说：“都秋天了，怎么还有麦子？”太阳底下，阿树笑得前仰后合：“那是韭菜。”

小野笑了，眼睛里笑出了眼泪。

“小心！”阿树惊叫着俯下身来，捏起两个手指，把爬到她裤腿上的螃蟹拿了下来。

小野惊魂未定：“你家养了螃蟹？”

“不是，河里抓来的，现在正肥。”

小野想起初来小镇时看到的指示牌，问：“‘螃蟹街’为什么要叫‘螃蟹街’？”

“因为小镇附近的河里盛产螃蟹，在贫困年代，曾经解决了很多人的温饱问题。大人们说，螃蟹还有别的寓意，每个人悟出的道理不一样。”阿树目不转睛地盯着螃蟹，又极认真地将目光转移到小野身上，“小野，我们一起努力考大学吧，考上大学你就不用在这里受气了。”阿树的眼睛澄澈透明，话语间没有一丝媚俗。就是这三言两语，彻底偷走了小野的心，简单地，毫无心机地。

笑，小野仍旧是笑，为在这个小镇，遇到这样的一个男生而喜悦。

阿树的妈妈喊着：“吃饭啦。”

也许是好久没有听到妈妈喊她吃饭，小野在阿树妈妈喊饭的声音里听出了一股亲切的味道。

小野和阿树的距离因为十一假期而拉近了。他们约定要一起努力，考到外面去。

开学后的每晚，阿树都要问小野今天学了些什么，哪些地方不懂，第二天会有针对性地帮她补课。“希望你努力每一天，过好每一天。”

在阿树的鼓励下，小野对自己也充满了信心：“我要一次次地超越自我。”

一次次测验，小野的成绩一次比一次有进步。她嘴上不说，心里是感激阿树的，那感激又是不能轻易流露的，她知道，这样的年纪，很容易陷进早恋里去。其实她是洞察到了什么的，没有无缘无故的好。阿树是喜欢她的。

她喜欢他吗？小野不敢想。她爸爸的案子还悬而未决，她妈妈东奔西走，她没有资格去喜欢一个阳光的男生。然而，事情并不是想象中的那样，想如何发展就如何发展。圣诞节那天晚上，小野和阿树从梅老师的办公室回来，突然停电了。整个校园一片漆黑。教室里不时传来“圣诞快乐”的大呼小叫声。小野的手突然被什么握住，她想挣脱，扭捏了几下，便任由阿树牵着朝教室走去。

还未走到教室门口，电灯突然又亮了。小野迅速地将手从阿树手里抽回来，灯光下他的脸明显地红了一大片。她呢，很想若无其事地朝教室走去。但显然，她的脚步有些慌乱，与正欲从教室出来的梅老师撞了个正着，梅老师正要训斥，看清楚是小野，便丢下一句“以后走路小心点”后，去了隔壁教室。

坐到座位上，小野喘息未定，只觉得心还“怦怦”地跳，连书上的字也跟着跳。但她没心思去想书本上写了什么，她在回味，刚刚牵手的那一刻，阿树的手暖暖的，让她无法躲闪。

一整个晚上，小野没有翻过一页书。也许，这就是幸福吧。而如她期待的一样，阿树的短信在十一点总会准时到来：“早点休息，改天带你去小镇外面的河边玩吧。”

小野没有回短信，但她期待着，和阿树一起在河滩上飞奔……

然而，小野怎么也没有想到，当她的期待终于成真，当她和阿树穿着笨重的棉衣在河滩上飞奔，当跑累了他拉她在大石头上坐着休息，当他俩相望之时，一个声音如同一堵坚硬的石墙一样横在他们眼前："马上跟我回办公室。"是级部主任的声音。

3

说完，级部主任跨上他的电动单车，扬长而去。

从河滩到学校不过五分钟路程，小野低着头坐在阿树的单车上，被级部主任远远地甩在后面。

两人默不作声地到了学校门口。下了单车，阿树和小野的脚步不快也不慢，但每走一步她都要算一算还要多久才能走到级部主任的办公室，他俩都清楚即将到来的一场狂风暴雨。

站在办公室里，小野的心提到了嗓子眼，她知道她不能惹事，不能让妈妈大老远跑来小镇处理她的事情。她只能沉默。

沉默总是有限度的，级部主任先沉不住气了，"交代吧，不用我问了吧！"级部主任语气生硬，态度严肃。

“老师，我们没什么。”阿树接上了话。

级部主任对这个答案不满意：“反了，反了。我看你们两个真是反了。学着早恋了。”

“我们没早恋。”阿树分辩道。

“还说没早恋，我都看见了，你们可是深情相望啊。阿树，你是尖子生，你怎么能跟着小野学坏呢？你们要高考了，还有心思谈恋爱。”

“我没跟她学坏，我们真的没什么，就是互相看了对方一眼。”

“还就是互相看了对方一眼，说得这么轻松，你知道情节多严重吗？好，你就跟我犟吧，你们就恋吧，你俩要是考不上大学，我就在每年的开学典礼上点何阿树和小野的名字，把你们当早恋的反面教材。你俩先在这里好好反思，一会儿我再找你们算账。”说完，级部主任摔门出去了。

阿树说：“没什么反思的，都什么年代了，就算真的谈个恋爱能怎么样，至于这么大惊小怪嘛！走，我们回教室。”阿树是被小野使劲拉住才留在办公室的。小野知道，阿树有幸福的家庭，他的爸爸妈妈通情达理，就算级部主任找来他的家长，他也没什么压力和负担。可是她呢？不过是一只落地的凤凰！此时此刻，谁会在意她的压力？所以就算再不情愿，她都必须接受这被迫而来的反思。

一直到晚自习结束，小野和阿树都快饿昏了，仍不见级部主任的影儿。

“他是把我们忘了吧？”小野问。

“他根本就是耍我们。”阿树生气地说。

他俩在晚上十点钟被梅老师领回了办公室。办公桌上放着两份热气腾腾的饭。

“来，先把晚饭吃了，你们的事不着急，吃完再说。”梅老师把饭推到他俩面前，温和地说。

“老师，我们没什么事。”阿树回道。

“没事更好，先把饭吃了。吃完饭回宿舍睡觉去。”梅老师用命令的口吻说。说完之后，她也走了。

小野和阿树实在太饿了，但这件事又没完全说清楚，两人谁都没胃口。可是这饭，总还是要吃一口的，不然对不起梅老师。

他们的筷子不时碰到饭盒，在安静的办公室里，响声格外清晰。两人不说一句话，似乎各有心事。

饭毕，两人相对无言地往宿舍走。

男生宿舍就在女生宿舍的后面，阿树把小野送到女生宿舍门口，看她走进宿舍，才回了自己的宿舍。

回到宿舍，阿树发了短信给小野："别想太多，早点睡。"小野回他："嗯，明天好有精神努力学习。"

话虽这么说，但在这样一个月高风清的夜晚，怎么睡得着？这一晚失眠的人不只是小野和阿树，还有梅老师。

小野和阿树的心悬着，不知道梅老师会如何处理他们，毕竟这不是大城市，闭塞的小镇对早恋还是很忌讳的，这一点从级部主任的态度上就能看出来。而梅老师，也不知道该用怎样的方式让这两个有着鲜明个性的学生明白现在高考是当务之急，高考胜于其他任何事情。

第二天早上，暴风骤雨没有如期而至。

梅老师端着茶杯坐在椅子上，对他俩说："你们已经过了十六岁，有选择的权利。我得承认，你们两个真是天生一对。"

梅老师略微点点头，停顿了一下。小野也在思忖，梅老师这话算是批评他俩吗？她实在猜不出她对他们的事所持的态度。

"然而光有喜欢是不够的。高三一年，你们互相喜欢，这我是完全相信的。如果考上大学，你们相爱，我仍然会相信。如果你们能幸福地一直相伴到老，我会祝福你们。可是如果其中一个没有考上大学呢？生活在不同的世界，有着各自不同的朋友圈，各种差距会越来越大，那时候，你们的感情经得起这些考验吗？小野、阿树，你们已经不是小孩子了，生活不是儿时的过家家。"梅老师的话不长，说完便放他们走了。

小野和阿树都承认，梅老师说得没错，生活确实不是过家家，但谁又能阻止两颗年轻的心在一起呢！未来?! 妈妈?! 想到这些，小野感觉到极度恐惧，她要怎么面对妈妈及妈妈压在她身上的期望呢！

新一天的太阳升起的时候，阿树和小野像往常一样来到教学楼。只是两人走入教室的方向不同。一个从北楼梯上楼，一个从南楼梯上楼。相遇的地方，是教室门口。

轻轻点头，除此之外，小野想不出别的打招呼方式。

轻轻点头，除此之外，阿树也想不出别的打招呼方式。

轻轻点头，也许就是最适宜的表达吧。

阿树的短信，每晚还是准时发送，小野照例告诉他白天哪门学科的哪些问题没有弄明白，第二天，依然是阿树给小野讲解习题。此外，他们很少说话。偶尔也会因食堂里找不到空余座位才坐到一起吃饭。阿树把肉夹到小野饭盒里，说："你个子长高了不少了呢，有一米六了吧，就是太瘦了，得多吃点肉。"阿树的只言片语让小野上晚自习时还在回味。阿树是第一个除爸爸以外对她那么关心的男性，爸爸现在是什么情况她完全不知道，阿树关心她，她却不知如何是好。想到这些，小野躲在被子里偷偷地哭起来。

小野对河滩上两人的对望虽然念念不忘，但梅老师的一番话已经起到了作用，她一直告诫自己不能深陷其中。有时，她又恍惚觉得河滩上的一幕不曾发生过，不然为什么曾经暴跳如雷的级部主任三缄其口，没有再来找他们，梅老师的微笑也仍旧像从前一样温柔呢？

平静的日子里，小野会把从小镇集市上买回来的猕猴桃放到阿树的桌子里，阿树也会给她一个会心的笑。这样的生活平静得稀松平常，小野的成绩却让她无法再平静。数学测验，她勉强及格。

阿树替她着急："这道题我给你讲过的，你当时做得很好啊。"阿树发现好多小野会做的题出了错。

"阿树，我把猕猴桃的皮削了，切成一片片的，赶紧吃吧。"包伶伶端着小碟子凑了过来，举着插着牙签的猕猴桃肉，往阿树嘴里送。

小野已经知道，包伶伶的父母和阿树的父母给他们两个定过娃娃亲，包伶伶从来不把阿树当外人。

但小野受不了这样的肉麻镜头："也许我天生不是学习的料吧！"小野也着急了，她最怕阿树嫌她学习不好，与包伶伶相比，她的成绩可怜得要命，不，不仅是成绩可怜得要命，而是可怜的成绩让她可怜的内心自卑得要命。她想赶紧逃出教室。

阿树用手臂把包伶伶的猕猴桃挡在一边，追着小野问："你一定有心事吧，情绪不稳定会影响考试发挥的。"

"我没什么事，真的。你回教室吧，我想安静一下。"小野好说歹说把阿树劝回了教室，她不知道她和阿树还能相处多久，如果阿树知道了她爸爸是那样的一个人，他会怎么看她！即使他不会因为她爸爸的事对她另眼相看，单是她的成绩，也逼得她不得不全力以赴。

小野对着日历计算高考的时间，还有半年。半年时间里，她要怎样拼搏才能考上理想的大学呢！正当小野盘算的时候，惊喜却来得让她措手不及。梅老师转告小野，小野的妈妈来电话了，小野有个远房姑姑在英国，要给她办理出国留学的手续。大约四月份动身去英国。

4

真要和这个待过几个月的小镇告别了？小野盘算着哪些东西需要带走，哪些东西可以送同学，还有哪些东西弃于垃圾桶。

小野约阿树在校园后面的小树林里见面。

“真的要走啊？”阿树不相信地问了一遍又一遍。

“嗯，我姑姑说帮我办手续。”

“我会想你的。记得写信啊，等大学毕业了，我去英国找你。”阿树说。

“我也会想你的。”说这话时，小野的眼泪在安静的午后“扑簌扑簌”地落下来。

如果阿树说的那一句“我会想你的”百分百是心里话，那么小野的“我也会想你的”虽也是百分百的心里话，但远不及阿树那般真诚。相对而言，眼下的离别虽然让她感到难过，但未来在英国的生活更让她期待。想到这，小野不禁为自己的变化吃惊，她不是曾向往和阿树能有一个美好的未来吗！

怎么说变就变了呢！

“三月风，四月雨，带来五月的花。”这是对英国季节的描述，颇具诗意。每到五月，漫长的冬季被春天取代，花儿也都开始露出笑脸。特别是到六月，大街小巷开满了英国的国花——玫瑰。那么，小野来到英国的时候，应该会遇到英国的雨，然后五月花开，多么浪漫的季节啊！她还可以到大英博物馆去一饱眼福。据说，博物馆大得像迷宫一样，进了迷宫就像穿越了古代中国、古埃及、古巴比伦、古希腊四大文明古国。她还可以逛大英图书馆，里面展示的都是代表英国最重要、影响最深远的文献资料、书籍手稿，英国著名作家莎士比亚、狄更斯的手稿就保存在那里呢！她还可以逛各种主题书店。未来真是要多美好就有多美好。

小野对赴英国学习的那份期待是掩饰不住的，就连阿树提议把各自的心愿写下来，埋在校园后面的小树林第一排第三棵树下，她都有些意兴阑珊。

阿树在大雪天里极认真地挖坑，地面的土已经上了冻，他挖得满头大汗，终于挖出一个拳头大小的坑，然后郑重地埋下心愿，“等到某一天，我们的心愿会发芽的。”阿树一本正经地说。

“那就等我们的心愿发芽吧！”小野知道自己是在敷衍，却不能不回应阿树的一本正经。

也许阿树没有听出小野话里的牵强，但小野在短短几天里想了很多，每每想到梅老师的话，她都会重新审视自己的人生。

然而，世事难料。小野的妈妈来电话了，她的留学申请没有批下来，她可能去不了英国了。

“可能？可能是什么意思？”小野在电话这头一个劲地问。

“就是今年去不了了，不过以后还是有机会可以去的。”妈妈小心地解释着。

挂了电话，小野趴到床上，哭了一天。阿树的短信一个接一个：“去不了英国也没关系，在中国挺好的，努力考大学吧。”“现在去了不英国，等我们长大了，可以一起去啊。”

阿树的短信，小野一个都没有回，她知道阿树的好，她更清楚，谁都帮不了自己，只有自己拯救自己。

梅老师找小野谈话。她们围着操场一圈一圈地走："这样的事情对你来说，有些残忍，但这是事实，对吧！既然是事实，我们就要鼓起勇气面对。"

小野垂下头："梅老师，我该怎么办？我想考一所理想的大学。可这半个月的时间我老想着去英国的事，都没怎么复习。"

梅老师深深地叹了一口气，她轻抚着小野的短发，柔声细语地说："还有五个月才高考，只要把时间充分利用起来，考大学并不难，更何况你的户口还在A城，你之前作文获过奖，有加分项，接下来我会请任课老师帮你做一份复习计划。你，肯定没问题的。要不，咱们来一个约定，每天晚上学习累了，你就发短信给我，我们谈谈心，千万不要怕打扰我。"

有时候，信任和鼓励能给人无穷的力量。梅老师就是给了小野力量的人。小野对自己的时间和饮食进行了规划：早饭，一只鸡蛋加一个馒头；午饭，只吃一份肉菜和米饭；晚饭，一份青菜和米饭，她还要再买一只鸡蛋，留到晚上熬夜饿了的时候补充能量。周末，住校的同学总要到校外买一些零食和水果，小野从来不去买，她再也浪费不起时间。

除了体育课和必要的事情要出教室，小野的时间全部用在了埋头苦读上。她要用崭新的姿态迎接那一场战争——她和高考的战争。

每天晚上，小野都会发短信给梅老师，有时会说一下当天的收获，有时也会有放弃的念头，每次梅老师都会及时回。有一次，小野的短信是在凌晨一点发出的，她以为梅老师肯定已经睡了，没想到的是，梅老师竟然马上回了短信："是放弃还是坚持，这决定着你一生的命运，小野，加油。"梅老师都这么执着，她有什么理由放弃呢！小野的世界就只有学习了！

阿树也在不分白天黑夜地忙自己的高考，等小野想起已经好久没有和阿树聊天，没有坐在一起吃饭，已经好久没有眼神交流时，三个月已经过去了。

初夏，距离高考只有一个星期了。小野简单收拾了行李，她要回 A 城参加高考。

校门口，传达室大爷把一封信交给小野：“梅老师写给你的，她说这封信，等你高考后再看。”小野看了看信封上，画着蓝蓝的天空，天空上有一架飞机，飞机上面写着“伦敦”，飞机窗口坐着一个短发女孩。信封中间，写着大大的两个字：理想。

小野微笑着，把信封压在自己的书包夹层里。然后，信心满满地拉上自己的皮箱坐上了回 A 城的车。

高考三天，学校门口被送考的家长围得水泄不通。小野单枪匹马上阵，她已经不需要任何人来送考。她平静地走进考场，打完一场又一场硬仗。

高考结束，小野把书包扔在了桌子底下。那些书，她再也不要看。“找个地方打工吧。等上了大学，你就必须得学着自己照顾自己了。你爸的事，已经让家里吃不消了。”妈妈憔悴地说。

小野平静地到监狱看望了爸爸，又找了家快餐店应聘，打工，照顾家庭，这是她的责任。一个多月后，录取通知书送到了家里，上面白纸黑字写着：北京大学。

“啊——！我考上啦——”小野想对全世界喊，她考上北京大学了！但她最想告诉的那个人是梅老师。这时，她才想起了梅老师的那封信。信呢？被她藏在书包里了！书包呢？书包被她丢在桌子底下了。小野在一堆书底下找到了她的书包和梅老师的信。

5

拼到最后的女生，小野：

你好！不知道你考上大学没有，但以我对你的了解，考上大学，你会继续努力学习，考不上大学，你也不会自暴自弃。

老师一直想要告诉你，你是一个坚强的女孩，人生当中会遇到很多事情，好的，坏的。但不管遇到什么事情，你都要坚强，你不能决定你的出身和家庭，但你可以决定你如何更好地活着，为自己的未来去拼搏。

还有，请原谅我，那个在英国的远房

姑姑是我编出来的一个谎言，是想让你明白年少时爱情的苍白和脆弱。尽管我们都不否认，那些爱情确实很美好。相信，你也会好好珍藏的。

祝你平安

梅美

原来，姑姑的事是一个谎言，梅老师编出来的谎言，但谎言又能怎么样呢？如果没有这个谎言，她怎么会跨进大学校门呢！

小野想起了这一年里发生的每件事的细枝末节，想到梅老师的良苦用心，红了眼眶。她急忙拨了梅老师的手机号码，关机。打学校传达室电话，看门的大爷告诉她，梅老师动手术了，就在高考前一个礼拜。这么算下来，梅老师动完手术已经有一个多月了。

小野要回小镇一趟。上次离开的时候，她故意把一些衣服留在了宿舍，是想找借口回学校，去看看梅老师，或者能够遇到阿树。

坐上回小镇的车，颠簸了一路，小野没有任何不适，连晕车呕吐的感觉都没有，熟悉的带有乡土味的空气，令她心旷神怡。

下了车，她就赶紧向学校的方向奔跑。阳光下，什么东西晃了她的眼睛，抬头看，标有螃蟹街的指示牌明晃晃的，像是刚用红漆漆过。小野没心思打量它，找梅老师要紧。

天气太热，奔跑到学校门口，小野已是满头大汗。传达室的大爷告诉她，梅老师动完手术后就回小镇了，现在住在学校后面的家属院里。

小野飞奔到家属院，梅老师不在。她的爱人，那个诚实温良的小镇上的公务员说她去办公室了，最近来看她的学生特别多。

又是一阵飞奔，小野终于爬到了三楼教师办公室。梅老师果然在，她穿着方格衬衣，卷卷的头发在阳光下格外好看。听到声响，梅老师缓缓回过头来，看到是她，眼神里流露出欣慰。那一瞬间，是小野看到的世界上最美好的画面。她七上八下的心也终于安静了下来。

温和的声音再度响起："小野来了。"

小野"哇"地就哭了："梅老师，我以为再也见不到你了。"

"傻孩子，只是一个腿部手术，只是暂时不能走路。"小野这才发现梅老师是坐在轮椅上的。

从梅老师那里，小野知道，阿树考上了上海的一所大学，伶伶也考去了上海，伶伶一直喜欢阿树，她说她要一直追着阿树走。俚俚的家里送他去伦敦留学了。"俚俚的家也住在A城，命运有时候很有意思，你和他没有在A城相遇，却在螃蟹街认识了。俚俚让我转告你，他在伦敦等你。其实，那个关于你有个远房姑姑在英国的事情，是俚俚想出来的。阿树后来不理你，是因为我找他谈话了。"听着梅老师细数每个人的过去和现在，小野有片刻恍惚，一直以为大家都在，都还那样少不更事，却在高考后就各奔东西了。

告别了梅老师，小野来到了校园里，她想在校园里走一走。八月的校园里绿意盎然，野草疯长着，鸟儿们互相追逐着，说着玩笑话。小野的眼睛停在了小树林第一排第三棵树下，就是那个下雪天，阿树和小野在这棵树下把心愿埋下了，等待它们慢慢发芽……

小野找了段小树枝，认真地挖起来。不费多大工夫，两个小纸团就安安稳稳地坐在她的掌心了。小野用手轻轻地一层一层地揭开，很多碎纸屑落了下来，那纸团被天蓝色的钢笔水晕染得蓝迹点点。小野想起，这几个月里，下过两场雨。

手里的纸团重新被小野攥紧，放回挖好的小坑里。土一点一点、一点一点地将纸团盖上，小野犹豫了一下，终于还是抬起了右脚，将挖好的小坑用脚踩实。阿树写下了什么她不想知道，她当时写下了什么也留在回忆里吧。

在校园里绕了一圈，小野来到宿舍，收拾自己的旧物。

“咚咚”，有人敲窗户。是阿树。他在窗外向她招手，手上满是泥巴。小野会心地笑了。他大概和她一样，去了小树林第一排第三棵树下……他看了她在纸团写下什么了吗？然而，看与不看，似乎又没什么大不了。

见到阿树，多少往事雨一样迎面而来，浇得小野的心都湿漉漉的。小野想对阿树说点什么的，可直到收拾完旧物，两人说的都是以后多联系，有空到上海玩之类的话。关于圣诞节那天的牵手，关于那个河滩上的两两相望，关于彼此心存的美好往事，没有谁再提起。

阿树提着小野的旧物，两人一前一后地来到校门口，阿树突然很郑重地说："对你的爸爸好一点，他犯再大的罪，也是你爸爸。"小野以为阿树什么都不知道，原来他什么都知道。

"嗯，我会的。"小野用力点点头，然后两人相视一笑，互相说了声："加油！"

小野彻底跟高三说了再见，尽管曾经疲惫不堪，甚至想要放弃，但她熬过来了。小野更深深地知道，与其说熬过了高考，不如说熬过了内心的挣扎，活出了崭新的自己。她和阿树也许还会在某个地方相遇，那又是多年以后的事情了。

小野如来时一样，回望着眼前的学校，这哪里是传说中的“第四监狱”？这里充满着爱和希望。在校门口正对着的那间三楼的办公室，她看到了微笑的一张脸。墙外的爬山虎正勇敢有力地向着高空爬去。而前方五十米，螃蟹街的指示牌远远地就映红了她的眼睛。眨眼的那一秒，小野悟出了用螃蟹为这条街命名的含意：尽管短暂的一生需要蜕壳数十次，每次都在生与死之间进行着较量，但螃蟹从来没有放弃过重生的机会，即使只能横着走路，也不感觉自卑，而是勇敢地向前、向前。

有一种东西真是可怕。我们都知道小野说的是什么，她说的是光阴，但光阴又恰到好处地赠予了我们一些深刻的——人或事。

拎起行李，小野对自己说：“别哭，加油！”

附 录

每个人都有自己的蹦极台

2009 年 10 月 28 日，我去蹦了极。

以前看电视上有人站在蹦极台上抹眼泪，我总在心里想，哭什么？话是这么说，却不知道换成自己会是什么样子，若不是这次秋游的地方有蹦极项目，若不是同事们撺掇说我胆子大，若不是想起有人在蹦极台上抹眼泪的一幕，若不是想试试自己站在上面会不会哭……大概蹦极这事就只是一个转瞬而逝的念头而已。

不管是怎么想的，我终究是蹦了极。蹦极前的程序挺复杂的，先要买票，要称体重，要写自己的档案，包括年龄、有无病史等，走完程序，感觉好像真的有去无回一样。

通往蹦极台的索道很长，手握在铁索上，冰冷冰冷的。教练让我把鞋带反向系到脚脖子上，再用胶带把我的衣服裹紧。往我脚上系绳索时，还安慰道：“别害怕，要知道最危险的地方，安全措施做得最好！”

这时的我，并不太害怕，反而有些激动！壮怀在我心！

蹦极台下面的水域里，同事们正在喊我的名字！我听得清清楚楚！

教练把我的脚固定在绳索上，我再三试了试，感觉有点松。教练又给我扎好。

我走上了蹦极台的前端，下面是55米高的悬崖，我的腿哆嗦着，心里在想：“我真要跳吗？”

教练说：“别犹豫，越犹豫越跳不成。”

我迟疑着。

教练不等我反悔，说：“三二一，跳吧！”

我对着下面的人喊了一声：“我要跳了——”

话音刚落，我只觉得身体离开了索道。是教练推了我一把。

随着纵身一跃，我短暂地“啊”了一声，便再也无法发出声音。我的喉咙被风声堵住了，从头到脚，整个身体完全不受自己控制。

我的身体在向下沉，耳边是“呼呼”的风声，似乎要把我托起来！但风太弱了，根本无法阻止我的身体向下坠去，这种速度快得让我眼睛都睁不开。我多么希望时间过得快点再快点，好让这一切早点结束。

待我适应这样的险境，试着睁开眼睛。只觉得天旋地转，头晕目眩。我只好听着风声，任由这一切继续。

我一直坠啊坠，眼看着绳索离接应我的汽艇越来越近。我欢喜起来，眼看着就要结束这可怕的蹦极了。

没想到，绳索是有弹性的，垂到一定高度后，借着下垂的力量又弹了上去！突然的一弹，让我有些吃不消，想抓住什么，却又无所依靠。我是那么无助和无力。

“解小邪，说句话啊！”坐在船上的同事体会不到我内心的惶恐，他们高声喊道。

同事们的呼喊暂时缓解了我的紧张情绪，我倒挂在空中，来回晃悠着，想逗他们乐一乐，于是，放大声音喊：“我爱你们！”

同事们有的在吹哨子，有的在呐喊：“你真棒！”“好厉害！”

这些，我都听得到。

又有同事说：“说几句豪言壮语啊！”

我故意绕了个圈子，笑着说：“我不会说花言巧语！”

这逗得同事们哈哈笑起来，他们说看来我还很清醒！

又有同事说：“照相了照相了，摆个pose！”我的手在空中做出了“胜利”的姿势。这么在空中晃悠了一会儿，汽艇已近在眼前。我一把抓住汽艇上接应我的塑料杆，平安地滑到汽艇上。

周围响起欢呼声……

回来之后，看蹦极时的录像。我所认为的漫长的蹦极时间，在录像里只不过两三分钟。那短短的时间里，我的身体在空中飞舞，远了又近了，高了又低了，看得着实心惊：如若绳索断了，抑或撞到了悬崖上，生命或许就此终止了！越危险的地方，安全措施越好！这句话还是有着一定的道理。

现实生活中，每个人都有自己的蹦极台，都有自己过不去的那一关，或许是学业，或许是爱情，或许是事业，或许是家庭。学业不顺时，怨天尤人；恋人要分手时，生不如死；事业不如意时，恨自己没用；家庭遭遇变故时，埋怨为什么……但这些问题，仅凭埋怨，是解决不了的，最好的解决办法，就是无论多难，都要一步一步地走过去。更何况学业、爱情、事业、家庭出了问题又不是世界末日，古人不是说“柳暗花明又一村”吗！只要内心强大，什么事都可以消化！

我蹦下去，战胜了自己恐惧的心理！你呢？面对周围的现实生活，面对无助无力的时刻，能够蹦过去吗？不管选择怎样的生活，都要勇敢走下去。感谢人生路上的那些喝彩和掌声！

走独板桥的人

周庄有那么多桥，我唯独记住了那座危险之桥——独板桥。

1

21岁，我去江苏常州接受“彩虹文化时间”的访谈，顺道去了周庄。

周庄的桥真是多啊，走不多远就迎面看到一座桥，当地人在桥边择菜洗衣，到处都是浓浓的烟火气息。

走在周庄古老的石板路上，望着眼前倒映着白墙黛瓦的水面，纵使有再多烦心事，心灵也能暂时被净化。

“看，那里有座独木桥，要不要试试?”说这话的是我刚认识的朋友黄枫桦。头天傍晚，我在寻找住处的时候，遇到几个一起出游的年轻人。年纪相仿，又都是异乡人，很有共同语言，我们便搭伴同游。他指的独木桥是不远处水面上的一座十几米长、却只有十厘米宽的窄窄的桥。

“试试就试试。”我说着便跑到桥边一脚踩上去。这桥大约很少有人光临，面对我这陌生人的鲁莽一脚，很是不情愿地上下晃动起来。

退到桥边，我才真正看清楚，这根本不是真正意义上的独木桥，它的材质分明就是薄薄的铁片。

“这叫什么桥嘛！”黄枫桦说。

“这桥也太惊悚了吧，你确定要走过去？”另一个新认识的朋友晓梅说。

我在心里打了个问号，真的要走过去吗？我迟疑着，抬头看看黄枫桦和晓梅。刚刚我明明说了要试试的，现在不试，也太……面前的这座所谓的桥，通到对岸，最少要十几米，十几米也太长了吧？然而我却心口不一地说：“我，试试吧。”

“把身上的包给我吧，背着太重了。”晓梅说。

“好。”我答应着。这下是没有退路了。我心一横，逐一将背包、相机和周庄的特产两包花生酥递给了她。“好啦，无包一身轻，准备上桥啦。”我轻松地调侃。

2

我向前迈了一步。

桥轻轻抖了两下，我心里很紧张，但还是故作轻松地向前走。

我虽然看不到两岸和远处的桥，但感觉四周游人的目光都向我聚拢来。大概周庄很少有什么人走过这窄得不像话的桥。我有点欢欣，又有点得意。

然而这份欢欣得意很快便被恐惧代替了，水面的波纹一波一波地荡着，我的眼睛花了起来，水面一波一波地长满了树，桥也似乎在水中晕染开来。我的大脑混沌了，分不清哪里是树，哪里是桥。

视觉的错乱严重干扰到我内心的平静，内心的错乱直接作用到我的整个身体上，我在桥面上颤抖起来，这颤抖加剧了内心的恐慌。为了保持身体平衡，我蹲了下来，想抓住脚下的铁板，这样即使掉进水里，我也能通过双手抓住铁板慢慢挪到对岸，虽然这会很狼狈。可我的举动遭遇铁板强烈的抗争，桥板颤抖起来，一上一下，仿佛是我在耍杂技，而耍杂技的人又只有三脚猫的功夫。

我的大脑一片空白，不知道该怎样走完余下的那一段路程。

这时，两岸响起了掌声和呐喊声，他们说："勇敢地走下去，别回头！""越看水面越觉得头晕。""不要看水面，慢慢站起来，往前看，正视前方。"

我尝试过回头，但是铁板太窄，只够一只脚和另一只脚轮换着前行。我根本无法转身走回头路。

我没有别的选择。

我对蹲着的自己说："站起来，相信自己，一定能走过去的！"

我轻轻地深呼吸一口气，紧紧地咬往了嘴唇，然后，眼睛平视前方，缓缓地、缓缓地站了起来。

我站起来了，两岸再次传来掌声和欢呼声。

3

平视前方，水面漾开的波纹就干扰不到我，我的脚步也从容了一些。

剩下的路程不多了。也许是我过于轻敌，铁板桥要给我点颜色看看，桥又晃起来，我的脚跟着打颤，整个身体摇摆不定，桥也摇摆不定，好像我和桥都要落到水里。

我想，大概我要掉下去了。怎么办？我不会游泳，这水有多深我也不知道，如果我真的掉下去，两岸欢呼的人会跳进水里救我吗？天哪！我还年轻，还有很多事情没做。万一我真死在这儿……那一瞬间，最坏的设想在心里盘算，我真是后悔，好端端的，为什么要走上这条危险之桥！

不，我决不能掉下去。我像上次一样蹲了下来。

冷静，冷静。我平视前方，不断地告诉自己要冷静，告诉自己这只不过是一座桥，只要心里认定能过去，就一定没问题。

当我再次站起来的时候，我已经摸索着脱下半高跟凉鞋。

对岸有人喊："把鞋扔过来，你会走到底的。"

这话没有干扰到我，我没有把鞋扔过去。因为我似乎已经对这危险之桥有了一定了解，似乎已经摸准了她的脾气：不能跟她拧着来，要顺着她的情绪。我一旦扔鞋，势必要用力，一用力势必会使我全身晃动，我的全身晃动必然会激怒这座危险之桥，后果不敢想象。

我的心又安静下来。眼前什么都看不到了，水、桥、树、人，通通都没有了。我要用心去看眼前的这条窄窄的危险之桥。

我站起来，凭着感觉，沿着我心里的那座桥，一步一步挪动我的脚。

时间一点一滴过去，不知道过了多久，我的脚步终于踏上青石板。

我上岸了！我上岸了！

当周围掌声热烈响起时，我才确信我走过了危险之桥。

我想欢呼雀跃地蹦个高，然而我却双腿突地软了，若不是岸边的陌生人扶住了我，我恐怕要瘫倒在地上。

4

那几天里，当我再走在周庄的石板路上时，经常听到路人说："那不是走桥的女孩吗？""小姑娘，你真勇敢。""小小年纪，真不简单。"

随着时间流逝，危险之桥逐渐离我远去。偶尔翻起旧照片时，很为年轻的自己骄傲，又不禁感慨万千，只有年轻才有那种无所畏惧的劲头。

也许，在我选择要过危险之桥那一刻，就已经注定了我只能往前走而不能后退。人生也是这样的吧，不管你以何种方式开始，也不管你是走了一条什么样的路，已经开始走了，就无法回头。

莫言文学，只言乡情

关于写作，关于文学，大家肯定都知道作家莫言。

1

如果没有记错，那应该是1988年的夏天，电影《红高粱》在全国热映，高密大地俨然被高粱酒熏得都醉了。

我当时上小学，不知道电影《红高粱》演的是什么，也不知道导演是谁，大家奔走相告的只是《红高粱》一书的作者是高密东北乡走出的作家莫言。从我们住的胶河农场约摸走十五分钟就能走到他生活过的平安庄。他那时已经是名人，是我们高密东北乡的骄傲，很多人为了了解他，甚至跑到他家去看上一看。

一个星期天，听说要在我们附近的孙家口村放电影，放的正是《红高粱》。那个年头放电影是新鲜事，更是大事。人们纷纷丢下手头的事情去观看。姐姐和同学偷偷从家里推出自行车，要去凑热闹。我对什么事都感兴趣，凑热闹的事自然少不了我。

孙家口村离我们胶河农场大约十里路，一路上往那儿去的人像赶大集似的，宽阔的马路一下子变得窄巴巴的。半道上，姐姐没骑稳，自行车“咣”的一声，栽到了马路上，脚蹬子别进去了，没法再骑了。

人们都只顾着往孙家口赶，没人注意我们，姐姐的同学也不知所踪。我们只好推着自行车往回走。幸运的是，我们找到一根木棍，又遇到好心人帮忙把脚蹬子别了出来。我们没敢再去看《红高粱》，而是骑着歪歪扭扭的自行车勉强回了家。

我们私自外出，爸爸不知道两个女儿去了哪儿，正担心得不行，见我们回来了，再一看车子摔坏了，气得他狠狠地训了我们一顿。

姐姐表面上认错，心里却一直为错过《红高粱》而懊悔，而小小年纪的我，对《红高粱》并没有太多的了解，所以没有多难过。只记得，我的屁股摔得实在太疼了。

2

小学和初中，我都努力读书，但成绩不怎么样，在班里只能排在中游。

初中因为物理不及格，我甚至被老师罚“游班”，这使得我内心很受伤害。后来我就惧了上学，收拾书包走人。十六岁，我开始边工作边写作。直到十九岁那年的秋天，我接到了出版社的电话，说我的长篇小说《多梦季节》将于年底出版。出版社的张高里老师问我：“你知道莫言吗？他也是山东高密人，也是后来又继续读书的，你想继续读书吗？鲁迅文学院你知道吗？莫言也在那儿读过。”

当我喜欢写作之后，我读了一些书，也开始读莫言的小说。那时候觉得莫言离我很遥远，因为我是个小孩，他是个大人，他写的书有的我似懂非懂，但知道他写作很厉害，于是我以他为标杆，希望有一天也能写出好的作品来。

2000 年，《多梦季节》出版后，我放下渐渐稳定的工作，为梦想孤注一掷。有意思的是，因为与莫言是老乡，并且成长经历有些相似，又因为都从事写作，媒体在宣传的时候给我冠以“小莫言”“第二个莫言”的称呼。这样的称呼，实在让我承受不起，但既然有媒体这么说了，我只当沾了莫言的光，拣了个便宜，但是心里老是觉得不踏实。

3

2000 年，我到北京鲁迅文学院上学。临行前，高密文化界的朋友嘱咐我可以与莫言老师联系。

当年中秋节前，我再三犹豫，还是与莫言老师通了电话。最终，也没说出要去拜访看望的话。一是脸皮太薄，二是觉得自己写得不够好。其实还有一个想法，我不想让人以为我是去攀高枝。

也许正是我的性格和这些想法无形当中鞭策着我，这些年来我一直努力写作，逐渐建立了自信。

2010年初秋，高密的朋友来北京拜访莫言，但不知道莫言家住哪里，在不在家。我只好联系了其他的朋友，要到了莫言老师家地址，然后绕了大半个北京，直接“闯”进他家。

事实上，用“闯”这个字，一点都不为过，因为事先我们没有预约，也不确定莫言老师在不在家，我们就这么不打招呼而去，实在不太礼貌。

敲门，敲门……来开门的不是莫言老师。我一下子很窘，不知道该称呼什么。说明来意后，我们被招呼进门。莫言老师说：“你们来得真巧，早十分钟我还没回来，晚半个小时，估计我就又出门了。”

那天，我把我的书送给莫言老师，我指着书里的作者简介说：“真对不住您，有的媒体说我是‘小莫言’，借着您的名为自己贴金了。”莫言老师笑了笑，鼓励我将来写出更好的作品。

随后，莫言老师将他的新书《怀抱鲜花的女人》送给我，并签下“解淑萍小老乡存正”和他的大名。他说他很忙，也很累。他刚从日本回来，过几天又要出国，今年净在外面开会，过段时间要安静下来写东西了。

那时我的心情也很浮躁，无法把心思放在写作上。莫言老师此番话，让我很受触动，我必须调整心态，多读书多写作。

后来，我坚持自己的梦想，在冰心文学新作奖获奖作品《哦，我可爱的马儿多》的基础上，历时数年构建着一个叫马儿多农场的文学王国，这个文学王国的一个分支是已经出版的绘本系列《小麦成长绘本》，另一个分支是我正在构思的成长小说。

不知道未来我在文学创作方面能走多远，但以高密人的个性，我想，我会坚持下去。